Mora Cargur

ARMANDO DISCÉPOLO

MATEO

ANTON CHEJOV

LA TRISTEZA

Cántaro

Colección del
MiRADOR

Coordinador del área de Literatura: Salvador Gargiulo

Los contenidos de las secciones que integran esta obra han sido
elaborados por: Prof. Ana Silvia Galán

Coordinación de Arte y Diseño: Lucas Frontera Schällibaum
Coordinación de imágenes y archivo: Samanta Méndez Galfaso
Tratamiento de imágenes y documentación: Ezequiel Gonella,
Máximo Giménez, Tania Meyer
Imagen de tapa: David Oliver
Corrección: Lic. Cecilia E. Biagioli

Gerente de Preprensa y Producción Editorial: Carlos Rodríguez

Discépolo, Armando
    Mateo. La triseza / Armando Discépolo y Antón P. Chéjov. - 1a ed. 1a reimp.-
Boulogne: Cántaro, 2010.
    128 p.; 19 x 14 cm. (Del mirador)

    ISBN 978-950-753-047-0

    1. Teatro. I. Chejóv, Antón P. II.Título
CDD 862

© 2001 Puerto de Palos S. A.
Blanco Encalada 104 - (B1609EEO) San Isidro, provincia de Buenos Aires, Argentina.
Tel./Fax: (011) 4708-8000
Puerto de Palos Casa de Ediciones forma parte del Grupo Editorial Macmillan
Queda hecho el depósito que marca la Ley 11.723.
Impreso en Argentina - Printed in Argentina
ISBN 978-950-753-047-0

Colección del
MiRADOR

Literatura para una nueva escuela

Estimular la lectura literaria, en nuestros días, implica presentar una adecuada selección de obras y estrategias lectoras que nos permitan abrir los cerrojos con que, muchas veces, guardamos nuestra capacidad de aprender.

Lo original de nuestra propuesta, no dudamos en asegurarlo, es, precisamente, la arquitectura didáctica que se ha levantado alrededor de textos literarios de hoy y de siempre, vinculados a nuestros alumnos y sus vidas. Nuestro objetivo es lograr que "funcione" la literatura en el aula. Seguramente, en algún caso lo habremos alcanzado mejor que en otro, pero en todos nos hemos esforzado por conseguirlo.

Cada volumen de la **Colección Del Mirador** es producido en función de facilitar el abordaje de una obra o un aspecto de lo literario desde distintas perspectivas.

La sección **Puertas de acceso** busca ofrecer estudios preliminares que sean atractivos para los alumnos, con el fin de que estos sean conducidos significativamente al acopio de la información contextual necesaria para iniciar, con comodidad, la lectura.

La obra ofrece una versión cuidada del texto y notas a pie de página que facilitan su comprensión.

Leer, saber leer y enseñar a saber leer son expresiones que guiaron nuestras reflexiones y nos acercaron a los resultados presentes en la sección **Manos a la obra**. En ella intentamos cumplir con las expectativas temáticas, discursivas, lingüísticas y estilísticas del proceso lector de cada uno, apuntando a la archilectura y a los elementos de diferenciación de los receptores. Hemos agregado actividades de literatura comparada, de literatura relacionada con otras artes y con otros discursos, junto con trabajos de taller de escritura, pensando que las propuestas deben consistir siempre en un "tirar del hilo" como un estímulo para la tarea.

En el **Cuarto de herramientas** proponemos otro tipo de información, más vivencial o emotiva sobre el autor y su entorno. Para ello incluimos material gráfico, documental y diversos tipos de texto, con una bibliografía comentada para el alumno.

La presente **Colección** intenta tener una mirada distinta sobre qué ofrecerles a los jóvenes de hoy. Su marco de referencia está en las nuevas orientaciones que señala la reforma educativa en práctica. Su punto de partida y de llegada consiste en aumentar las competencias lingüística y comunicativa de los chicos y, en lo posible, inculcarles amor por la literatura y por sus creadores, sin barreras de ningún tipo.

❖

A Jimena y Micaela.

Puertas de acceso

Por qué Discépolo con Chejov

La literatura no es agotable, por la suficiente y simple razón de que un solo libro no lo es. El libro no es un ente incomunicado: es una relación, es un eje de innumerables relaciones. Una literatura difiere de otra, ulterior o anterior, menos por el texto que por la manera de ser leída.

Jorge Luis Borges

Vamos a trabajar una obra de teatro: *Mateo,* de Armando Discépolo y un cuento: "La tristeza", de Anton Chejov. Que esta propuesta de lectura reúna dos textos tan, aparentemente, disímiles —ya sea por el género en el que se inscriben como por la procedencia de sus autores— se funda en algunos principios que aporta la teoría de la literatura y, también, en la existencia de dos testimonios.

En lo que hace a los *principios teóricos*, podríamos explicar:

1. La literatura genera literatura o, mejor, como nadie crea *ex nihilo* (de la nada) es que se sigue produciendo ficción desde hace siglos. Tanto en los primeros tiempos en los que la creación era colectiva y anónima, como en nuestro presente de escritores reconocidos, los viejos textos impulsan a los nuevos, en una especie de permanente cadena creativa.

2. Aunque hubo anteriormente quienes lo advirtieron, es a partir de Mijail Bajtín y a través de Julia Kristeva —ambos teóricos contemporáneos de la literatura— que reconocemos que los textos literarios dialogan entre sí, establecen relaciones con otros textos.[1] Es decir, no tienen una "existencia" original, irrepetible, sino que provienen de otros (así como ellos mismos derivarán en futuras textualidades), a los que "recuer-

---

[1] Kristeva, J. *Semiótica I y II.* Madrid, Espiral, 1981. Allí ella expresa: *Todo texto se construye como mosaico de citas, todo texto es absorción y transformación de otro texto. Semiótica* I, p. 190.

dan", "aluden" o "recrean"; con los que "discrepan", "polemizan" y que en el peor de los casos, "reproducen", procedimiento que identificamos, lisa y llanamente, como "plagio".

3. Durante muchos años, la crítica literaria creyó que el lector era un elemento pasivo del circuito comunicativo, y que tanto el autor como la obra misma eran quienes le indicaban las formas de leer e interpretar (como si el libro fuese un oráculo a través del cual un dios omnipotente se expresaba). Hoy, ese lector ha reconquistado algunos derechos perdidos. Porque, si se reconoce que todo texto es una máquina productora de sentidos y que esos significados no se ofrecen, sino que surgen del aporte del sujeto lector que imprime dinamismo a dicha máquina, se entiende la lectura como una actividad que requiere del destinatario un alto grado de compromiso y creatividad.

En cuanto a los *testimonios:*

1. En el capítulo que titula *Armando Discépolo o el "grotesco criollo"* en la *Historia de la Literatura Argentina,*[2] el crítico de teatro Luis Ordaz señala la cercanía entre Miguel, el protagonista de *Mateo* y Yona, el de "La tristeza", un cuento del escritor ruso Anton Chejov. En efecto, Ordaz comenta: *Esa calidez y comunicación recuerdan, a la distancia, el cuento de Anton Chejov,* "La tristeza". Y luego: *Yona y don Miguel se unen en la necesidad de comunicación con un ser viviente que los escuche y entienda.*
2. El crítico Osvaldo Pellettieri recuerda que en una entrevista, Edmundo Guibourg —periodista, crítico teatral y amigo de Armando Discépolo—, afirmaba que la idea de *Mateo* había surgido en el escritor a raíz de la lectura de un cuento de Chejov en el que un cochero habla con su caballo.[3]

2 *Historia de la Literatura Argentina*, t. 3, Buenos Aires, CEAL, 1980-1986, p. 426.

3 Pellettieri, O. Estudio preliminar y notas de *Obra dramática de A. Discépolo.* Buenos Aires, EUDEBA, 1987.

Los textos dialogan

Es alrededor de la década de 1960 cuando comienza a difundirse el concepto de **intertextualidad**, para definir la relación particular que entablan los textos literarios entre sí. Desde que un lector competente —para recurrir a un ejemplo— advirtió que la novela titulada *Ulysses,* del escritor irlandés James Joyce, tenía un parentesco visible con la *Odisea*, epopeya griega atribuida a Homero, la disposición a la lectura fue diferente, porque no se podía pasar por alto un vínculo tan intenso como manifiesto. O cuando otro lector, frente a una novela histórica, identificó, en esa materia narrativa, hechos reales compartidos por los individuos de una sociedad, también estaba señalando —para los lectores posteriores— otra coordenada de lectura. En el primer caso, se estaba reconociendo un **intertexto** literario; en el segundo, un **intertexto** histórico.

Para ordenar las múltiples relaciones comprobables entre textualidades, Gérard Genette[4] recurrió a un término más amplio, que engloba todos los modos que tiene un texto de insertarse en otro. Ese término es **transtextualidad**, el cual no sólo refiere el parentesco entre un texto y otro que lo aluda, sino toda relación textual. Así clasifica cinco relaciones transtextuales: la **paratextualidad**, que apunta al vínculo que entabla el texto con su entorno: título, prólogo, epígrafe, notas, tapas, solapas, ilustraciones, etc. La **architextualidad**, que atiende al tipo de texto y al género en el que se inscribe (una novela será calificada como tal en tanto cumpla con los parámetros de reconocimiento de esta forma narrativa, que están dados por la institución "literatura", formada por críticos y lectores). La **metatextualidad**, refiere la relación de los textos literarios con la teoría y con la crítica —un comentario sobre una obra aparecido en diarios, revistas, etc., establece con ella una relación metatextual—. La **hipertextualidad**,

12 4 Genette, G. *Palimpsestos*. Madrid, Taurus, 1989.

por la cual un texto "primero" aparece transformado en un texto "segundo". El ejemplo dado con la novela de Joyce podría ilustrar este caso: el primer texto es la *Odisea* (hipotexto) y de la transformación operada sobre él surge *Ulysses* (hipertexto). Finalmente, la **intertextualidad**, que si bien parece una denominación genérica, abarcadora, es definida por Genette como la *presencia de un texto en otro, ya sea a través de la cita o la alusión*.

Es preciso destacar que la relación a la que más se acude en los estudios literarios es la de intertextualidad, que nosotros adoptaremos. Pues, permite ubicar el diálogo entre ambas obras en un campo amplio y flexible. Por eso, será útil tener en cuenta la definición dada por M. Rifaterre: *El intertexto es la percepción, por el lector, de relaciones entre una obra y otras que la han precedido o seguido.*[5]

No perderemos de vista que tanto *Mateo* como "La tristeza" son dos textos independientes uno del otro y, también, con valor propio, pero con algunas similitudes. Nos interesa resaltar que, a pesar de haber sido escritos en países y en períodos histórico-culturales distintos, tienen muchos aspectos en común: tratan sobre dos cocheros que sufren porque se sienten solos en un mundo hostil. Aunque fueron creados en hemisferios diferentes, ellos son los objetos de las miradas pesimistas de sus autores.

El teatro, texto y espectáculo

Toda reflexión sobre una obra de teatro nos exige reparar en su particular naturaleza. Pues, si bien es fácil encontrar en ella casi todos los elementos de un **discurso literario**, también se debe reconocer que se trata de un **espectáculo** compuesto de len-

---

[5] Rifaterre, M. Citado por G. Genette, *op. cit.*, p.11.

guajes no verbales, cuya significación es tan relevante como el texto ficcional escrito que se pone en escena.

Si bien hay obras que no recurren a la palabra como centro de la representación—,[6] por ejemplo, muchas de las obras del dramaturgo argentino Alberto Félix Alberto—, sabemos que un texto dramático es una situación dialogada en la cual *hablar es actuar y actuar es hablar*.[7] Y también que la **puesta en escena** constituye una operación compleja, que cuenta con un conjunto variado de receptores.

Una vez que el autor completó su texto, una cadena de sucesivos lectores —el **director** de la pieza en primer término, luego los **actores**, etc.— concretará su lectura otorgándole a esa materia dramática la marca de subjetividad que todo lector imprime a lo leído. De este modo, entre la obra escrita y la representación a la que asistimos, media un proceso de comprensión e interpretación ejercido por quienes convierten el **texto dramático** en **texto espectacular**. Este resulta del trabajo del director, de cada uno de los actores, del escenógrafo, del decorador, del vestuarista, del musicalizador, del iluminador, del maquillador, etc.

Si del texto dramático se separan los diálogos, restan las **indicaciones escénicas** o **didascalias**, dirigidas a quienes harán la puesta en escena según lo previó el autor. Ellas aconsejan sobre la gestualidad con la que el actor acompañará a su personaje, además del tono de su discurso, o el vestuario adecuado a su idiosincracia.

El destacado estudioso polaco Tadeusz Kowzan[8] sintetiza, así, esta combinatoria propia del teatro entre la palabra y los modos y condiciones en que es dicha: *En el teatro, pocas veces se mani-*

---

[6] Ver Trastoy, B. y P. Zayas de Lima. *Los lenguajes no verbales en el teatro argentino.* Buenos Aires, UBA, 1997.

[7] De Toro, F. *Semiótica del teatro.* Buenos Aires, Galerna, 1992, p. 23.

[8] Kowzan, T. En: *El teatro y su crisis actual.* VV.AA., Caracas, Monte Ávila, 1986, p. 31.

fiestan los signos en estado puro. El ejemplo simple de las pala-
bras "te quiero" acaba de mostrarnos que, con mucha frecuencia,
el signo lingüístico va acompañado del signo de entonación; el
signo mímico, de signos de movimientos, y que todos los demás
medios de expresión escénica, el decorado, los trajes, el maquilla-
je, los sonidos, obran simultáneamente sobre el espectador en ca-
lidad de combinaciones de signos que se completan, se refuerzan,
se precisan mutuamente, o bien se contradicen.

En 1977, el Teatro Municipal General San Martín puso en escena un espectáculo teatral titulado "Discépolo x 2", en el que se
representaron dos obras del autor: *Mustafá* y *Mateo*. Las crónicas
de espectáculos aparecidas en diarios de la época contienen al
respecto comentarios diversos, pero señalan una singularidad:
su director introdujo en *Mustafá*, fragmentos de entrevistas he-
chas a Discépolo, que puso en boca de uno de sus personajes al
inicio de cada acto o escena. En *Mateo* aparecieron, al modo de
comparsas, algunos personajes de *Mustafá*. Además, ambas piezas fueron musicalizadas, elemento que el texto autoral no con-
sideraba. Estos testimonios evidencian cuánto puede variar el
texto espectacular (que surge de la lectura del director y que
aprecia el público) del original texto dramático que concibió el
autor.[9]

El cuento y Chejov

El cuento es una forma narrativa muy antigua, si les damos
ese nombre a las fábulas, a los relatos religiosos o didácticos, a
las narraciones folclóricas. Sin embargo, muchos teóricos coinci-
den en señalar que fue en el siglo XIX cuando definió su estructu-

---

[9] En este caso, la opinión de algunos críticos especializados marcaba la innecesarie-
dad de tal agregado. Así lo señalaba César Magrini, en el comentario aparecido en
El Cronista Comercial, el 17/1/77.

ra, la cual le permite oponerse a la novela dentro del género narrativo.[10]

Anton Chejov (1860-1904) es un escritor ruso de los más citados a la hora de encontrar modelos, casi a la par que el estadounidense Edgar Allan Poe (1809-1849), quien no sólo ha dejado cuentos excepcionales sino también las reflexiones que le despertó su forma de composición.

Narrar proviene de *refero*,[11] que tiene, entre otros, el significado de *restituir, restablecer,* hacer presente un hecho del pasado. Junto a su segunda acepción *computus —calculus—* ubica a ese acontecimiento en el terreno de la conjetura, de la búsqueda de la Verdad, motor de la narración misma. Se trataría, entonces, de traer al presente un suceso que pueda explicar aquello cuya comprensión no es tan accesible, ni rápida, ni superficial.

Ricardo Piglia, en su "Tesis sobre el cuento", afirma: *El cuento es un relato que encierra un relato secreto. No se trata de un sentido oculto que dependa de la interpretación: el enigma no es otra cosa que una historia que se cuenta de un modo enigmático.*[12]

En suma, el cuento es una narración, relativamente breve pero intensa, que focaliza su mirada en un solo acontecimiento. Sólo que el escritor deberá ser tan hábil como para que el lector advierta que detrás de la historia visible, y entramado en un estilo que le es apropiado, se oculta un significado que no suele entregarse en la primera lectura.

Chejov, que no obstante haber sido un reconocido cuentista fue, también, dramaturgo y novelista excepcional, escribió alrededor de sesenta cuentos en los que exhibió verdadera maestría.

---

[10] Para ampliar información sobre la historia del cuento y sus definiciones, Giardinelli, M. *Así se escribe un cuento,* Buenos Aires, Beas Ediciones, 1992.

[11] Lancelotti, M. *De Poe a Kafka,* para una teoría del cuento. Buenos Aires, EUDEBA, 1974.

[12] Piglia, R. *Crítica y ficción,* Buenos Aires, Siglo Veinte, 1990.

Aunque se lo recuerda por sus piezas de teatro, permanente-
mente representadas en todas partes del mundo.

"La tristeza"

Sobre la técnica que empleó en sus relatos, a los que se suele calificar de "impresionistas",[13] dijo su compatriota L. Tolstoi:
*Chejov, como artista, no puede parangonarse con los escritores
rusos precedentes —con Turguenev, con Dostoievski o conmigo—. Chejov tiene su forma propia, como los impresionistas. Uno
mira, el artista usa los colores como sin escogerlos, cual si las
pinceladas carecieran de relación entre sí. Pero nos alejamos un
poco, se contempla la tela, y el conjunto nos da una impresión
extraordinaria: ante nosotros tenemos un cuadro claro, indiscu-
tible.* [14]

Una comparación semejante establece A. Hauser,[15] cuando
remarca que Chejov pone en sus cuentos la filosofía de la pasi-
vidad propia de los impresionistas, la cual en la escritura se tra-
duce en la ligereza con que trata las estructuras —que en él se
distienden—, la falta de frontalidad en las situaciones y de aca-
bados o definidos desenlaces. *Así como Degas empuja partes im-*

---

[13] "Se reconoce como *impresionismo* al movimiento artístico desarrollado principal-
mente en la pintura, que tuvo su origen en Francia en el último tercio del siglo XIX
y que consiste en reproducir la naturaleza atendiendo más a la impresión que nos
produce que a ella misma, en realidad. Sus principales representantes fueron: Mo-
net, Manet, Renoir, Degas. Luego Cézanne, Gauguin y Van Gogh inician la evolu-
ción hacia la pintura del siglo XX." Diccionario Espasa Calpe, t. IX.

[14] Chejov, A. *Los campesinos. Mi vida. La sala número seis.* Citado por la prologuis-
ta T.S. Roca. Madrid, Bruguera, 1969.

[15] Hauser, A. *Historia social de la literatura y el arte*, t. 3. Colombia, Labor, 1994.
p. 244.

portantes de la representación hacia los bordes del cuadro y hace
que el marco pase por encima de ellas, Chejov termina sus breves
narraciones y dramas jugando con la parte más débil del compás
para hacer surgir la impresión de la falta de conclusión, remate y
terminación casual y arbitraria de las obras.

En "La tristeza", el sufrimiento de Yona podría mostrar un relato con mayor tensión; sin embargo, hay en sus actos mucha pasi-
vidad y una amarga resignación. Con el tono con el que se puede
contar una acción rutinaria, descolorida, el narrador muestra, nada menos, cómo Yona sobrelleva la soledad que le provocó la
muerte de su hijo. La estructura del cuento es sencilla, la historia
podría resumirse quizás en dos estampas, porque la acción no presenta ninguna complejidad. Sin embargo, aun en la brevedad, el
protagonista adquiere hondura y logra teñir ese cuadro con el co-
lor amargo de quien llega a una triste conclusión: a nadie le interesa el dolor ajeno.

Las categorías narrativas

Para trabajar un relato, podemos acudir a las categorías narrativas propuestas por van Dijk,[16] quien considera que toda **historia**
que se cuenta tiene una **trama**, a su vez formada por **episodios**. El
episodio resulta de la conjunción del **suceso** y el **marco** en el que
se desarrolla, para lo cual se consideran el lugar, la situación, el
tiempo y las circunstancias en que ese **suceso** acontece.

Como la mayoría de los narradores, además de contar los sucesos, aportan su opinión sobre ellos, se puede recurrir a la categoría **evaluación** y separar, también, la **moraleja**, enseñanza que
deja lo narrado.

Además, cada suceso puede representar una **complicación** (lo
que tradicionalmente se llamó el *nudo del relato*) que exija su **resolución**.

18 [16] van Dijk, T. *La ciencia del texto*. Buenos Aires, Paidós, 1983.

La estructura de un texto narrativo —según van Dijk— puede diagramarse de este modo:

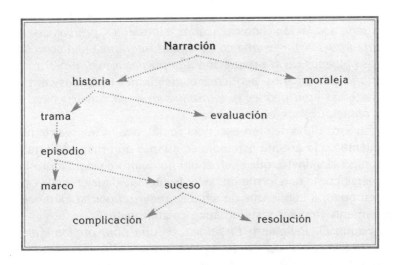

Primeras décadas del siglo xx: nace el grotesco criollo

A principios del siglo xx, la sociedad argentina mostraba una fisonomía peculiar: las guerras civiles habían terminado; el estado nacional se estaba consolidando sobre las bases que había establecido la oligarquía política; el país comenzaba a insertarse en el mercado internacional; al tiempo que una enorme masa inmigratoria terminaba de dibujar los últimos trazos del cambio. Esa transformación fue visible con mayor nitidez en la ciudad de Buenos Aires, donde se instaló el más alto porcentaje de extranjeros —predominantemente, españoles e italianos; pero también hubo franceses, turcos, judíos, árabes, griegos, entre otros—.

El historiador Luis Alberto Romero sintetiza de este modo el panorama social de la época: *Si algo caracterizó la sociedad por-*

teña de entonces fue su estado formativo, la heterogeneidad de sus componentes y la fluidez de las relaciones establecidas. Apiñados en los conventillos del centro o del suburbio cercano de la Boca, los inmigrantes, y algunos criollos, desempeñaban en su mayoría ocupaciones no calificadas e inestables, propias de una ciudad-puerto que estaba construyéndose y que vivía sometida a los vaivenes de la producción agropecuaria. Así, junto a una minoría de artesanos, pequeños comerciantes u obreros fabriles, la mayoría eran peones que trabajaban en la construcción, en las obras públicas, en el puerto.[17]

En este clima de efervescencia social, una forma teatral proveniente de la escena española se afianzó aún más en el gusto popular: el **sainete**, que si en el último cuarto de siglo logró imponerse como una forma de hacer frente a la difusión de la ópera europea, a comienzos de siglo se reafirmó por su extracción netamente popular y su temática costumbrista.

Según O. Pellettieri: *El sainete es una obra predominantemente breve, con personajes típicos, en su mayoría caricaturescos —una parodia al costumbrismo—, de desarrollo jocoso y sentimental con un conflicto concreto, transparente, con una serie de detalles materiales que, casi siempre, desembocan en una crítica al contexto social inmediato y con un nivel de lengua peculiar de las clases populares.*[18]

Así fue como a *La verbena de la paloma* (1894), de Ricardo de la Vega o a *La señorita de Trevélez* (1910), de Carlos Arniches, ambos españoles, siguieron los sainetes criollos de Carlos Mauricio Pacheco, Alejandro Berruti, Alberto Novión, José

---

[17] Gutiérrez, L. y L.A. Romero. *Sectores populares. Cultura y política. Buenos Aires en la entreguerra.* Buenos Aires, Sudamericana, 1995, p. 109.

[18] Pellettieri, O. *Cien años de teatro argentino. Del Moreira a Teatro Abierto.* Buenos Aires, Galerna, 1990, p. 28.

González Castillo o de Alberto Vaccarezza, autor de una de las piezas más recordadas, *Tu cuna fue un conventillo* (1919).

La diferencia que marcan los nuevos sainetes respecto del modelo español es el delineamiento de un personaje —el cual, con los años, derivará en el "drama de personaje" que representa el grotesco—, porque en lo que hace al resto de los componentes, se mantienen la parodia de las costumbres, el habla pintoresca de los inmigrantes y la intención de evidenciar los problemas de una sociedad aún en formación.

Al mismo tiempo, se imponían con buena recepción del público las obras del uruguayo Florencio Sánchez, que adhiriendo a una línea de mayor naturalismo, aunque también agudamente descriptivo de las costumbres, se postula como una mirada reflexiva sobre la sociedad de la época, a la que juzga a través de un personaje que lucha contra la adversidad y los prejuicios de su entorno. En 1903, Sánchez estrena la conocida pieza *M'hijo el dotor* y hasta 1905 logra poner en escena siete obras más, entre ellas, *Barranca abajo* y *En familia*.

Es en este entrecruzamiento de textualidades (género chico o sainetero y teatro realista) en el que comienza la producción de Armando Discépolo. Muestras de ese proceso resultan algunas de sus piezas: *Entre el hierro*, *La fragua*, *El rincón de los besos*, *El movimiento continuo*. Pero pasada la segunda década del siglo, empieza a delinear su propio proyecto de creación, lo que lo sitúa frente al personaje "derrotado" —síntesis de su filosofía pesimista y relativista—, víctima de un mundo hostil (llámese familia o sociedad) que lo expulsa, lo desprecia. En torno a este protagonista cuya comunicación con el medio se desvanece, abismándolo, es donde compondrá Discépolo a estos verdaderos "tipos" humanos, que no por azar les dan sus nombres a los títulos de las obras: *Stefano*, *Cremona*, *Mustafá*, *Giacomo*.

El origen de la palabra "grotesco"

Según W. Kayser,[19] en el Renacimiento italiano la palabra *grotesco* definía a un tipo de ornamentación usada por los pintores que intentaban reproducir los dibujos de las grutas antiguas. En sus trazos convivían lo humano, lo animal y lo vegetal, como un modo de desafiar el orden establecido. De allí que se extienda el significado del término a aquello que muestre una deformación de lo habitual y aceptado.

A partir del siglo XVIII, esta práctica adquiere la categoría de concepto estético. En la literatura universal, son muchos los escritores que han indagado en el grotesco, al que se ubica en la frontera de lo cómico y lo dramático, abrevando en cada uno de ellos.

El escritor francés Víctor Hugo (1802-1885), en el Prefacio a su obra titulada *Cromwell*,[20] señala lo *grotesco* como "el germen de la comedia". Es precisamente este origen el que le niega una justa valoración, ya que siempre fue la tragedia —desde los griegos y en toda la corriente clásica que devino de ellos— la que logró mayor jerarquía que la comedia. Según Víctor Hugo, lo *grotesco* estaba ya en los seres que poblaron la literatura griega: sátiros, cíclopes, sirenas, furias, harpías y en todo lo deforme o feo que mostraron escritores de la talla de Cervantes en España o Rabelais en Francia, entre otros. Sin embargo para él, un escritor del siglo XIX, era difícil encontrar un contemporáneo que aceptara que *como medio de contraste ante lo sublime, lo grotesco es el más rico manantial que la naturaleza ha abierto al arte*. Hay que añadir que fue el escritor italiano Luigi Pirandello (1867-1936) uno de los que más influyó en la formación del grotesco en nuestro país, a través de sus obras de teatro, puestas en cartel, con frecuencia, en nuestras salas a principios de este siglo.

---

[19] Kayser, W. *Interpretación y análisis de la obra literaria.* Madrid, Gredos, 1976, p. 512.

[20] Hugo, V.M. *Cromwell.* Buenos Aires, Espasa Calpe, Colección Austral, 1947.

La calificación de *grotesco* llega a los textos dramáticos de Discépolo a partir de *Mateo* (1923) —y aún hay críticos que no lo señalan como un grotesco puro sino que ven en él algún rasgo tardío de la comedia asainetada—. La diferencia siempre estará dada por ese protagonista que se hunde en su dolor, un antihéroe que sólo sobre el final puede entrever las razones de su fracaso (cuando es casi la caricatura de sí mismo, una figura tragicómica a los ojos de los demás).

El rasgo en común que mantiene con el sainete se visualiza en la intención social del texto —la problemática del inmigrante—, algún resto de comicidad —a través del chiste rápido y eficaz— y la siempre presente pintura costumbrista.

El espacio dramático también se transforma: desde el patio del conventillo, lugar de convivencia alegre y oportuno para las intrigas sentimentales y despreocupadas del sainete, hasta la pieza de *Mateo* o el sucucho de *Relojero*. Como sintetiza con ironía David Viñas: *Ya no hay "frentes" en la escenografía, sino "fondos". Ya nadie se "asoma", sino que se "hunde".*[21]

Mateo

En *Mateo*, Miguel es el eje de la acción: se trata de un inmigrante italiano cansado de comprobar su propio fracaso, acorralado por una vida llena de miserias (por eso, resulta fácil que el espectador se compadezca rápidamente de él), pero ciego también a la realidad que lo circunda y rígido con las personas de su afecto, sobre todo, con sus hijos. Su conflicto surge cuando no puede ver el cambio que lo arrastra y en el que no encuentra su lugar, lo cual lo conduce a un planteo ético muy serio.

La obra se divide en tres cuadros: el 1° y el 3° transcurren en el conventillo que ocupan Miguel —de ocupación, cochero—, su

---

21 Viñas, D. *Grotesco, inmigración y fracaso: Armando Discépolo*. Buenos Aires, Corregidor, 1997, p. 14.

esposa Carmen y sus hijos Carlos, Lucía y Chichilo. El 2° cuadro se desarrolla en la calle, frente al lugar del robo. En las didascalias, el autor describe con detalles esas dos habitaciones —que son, para la familia, su casa—, con la intención de destacar la ajustada situación económica en que vivían, como gran parte de los inmigrantes que se quedaron en Buenos Aires.

> Cuadro I: *[...] Mesitas de luz en cada cabecera. Alfombrines raídos. [...] Entre puerta y ventana dos alambres sostienen una cortina de cretona que, corrida, oculta entre sí a ambas camas. [...] Una vieja palangana montada sobre un armazón de madera hace de estufa. [...]*

El elemento desencadenante de la acción lo constituye Severino, un italiano que supo encontrarle a su oficio de cochero-funebrero, un costado más rentable: hacer de transporte privado de ladrones. Su figura contrasta con Miguel, hombre honrado que quiere mantener a su familia mediante el trabajo digno. El texto acentúa estas diferencias entre lo bueno y lo malo hasta tal punto que el funebrero lo llama a su amigo San Miguel Arcángel y este, Mefistófeles. Las indicaciones para la caracterización de Severino remarcan esos rasgos diabólicos, que lo muestran caricaturesco:

> **Severino.—** Bon día. *(Es un "funebrero". Levita. Tubo. Plastrón. Afeitado. Pómulos prominentes. Dos grandes surcos hacen un triángulo a su boca de comisuras bajas.)*
> *[...] (Arrastra las palabras. Tiene una voz de timbre falso, metálico. De pronto sus ojos relampaguean.)*

Además del teatro de la época, también el tango —cuyo desarrollo es simultáneo al grotesco—, ha dado abundante cuenta de la disyuntiva del pobre que quiere vivir modestamente, pero que también desea seguir siendo honesto, condiciones que en la crítica década de 1920 se ven como incompatibles. (Les va a resultar interesante analizar la letra de los tangos de Enrique Santos Discépolo, hermano del dramaturgo, "Qué vachaché" y "Yira yira", que se hallan en el **Cuarto de herramientas**).

En suma, *Mateo*, además de mostrarnos un "cuadro" de una realidad social que no vivimos, pero que forma parte de nuestra historia y de nuestra cultura, nos propone una reflexión moral: "ser pobres, pero honestos", o "entrar" como Severino, y luego hacerse responsable de las consecuencias.

Armando Discépolo era hijo de inmigrantes, y por esa razón supo retratar como pocos sus penurias económicas, sus dilemas éticos y el dolor, para muchos de ellos, de un sueño inconcluso: "hacer la América".[22]

La escritora Griselda Gambaro ha dicho de él: *Inglaterra y el teatro inglés tienen a Shakespeare, Italia a Pirandello, Francia a Molière, España a Valle-Inclán. Nosotros tenemos a Discépolo y podemos decir con idéntico orgullo que Discépolo es nuestra medida de dramaturgo, es nuestro dramaturgo "necesario". Nos habla de lo que conocemos, y de lo que somos en nuestra particularidad geográfica, histórica y social.*[23]

❖

---

[22]La expresión pertenece a los italianos *(far l 'América)* y significa progresar, lograr bienestar económico.

[23] Griselda Gambaro. "Discépolo nuestro dramaturgo necesario", en revista *Teatro* (T. M. G. San Martín, temporada 1981, año 2, N° 3).

ARMANDO DISCÉPOLO

MATEO

Nota del editor: en **Cuarto de herramientas** se incluye un glosario, para que los lectores comprendan el vocabulario de la obra.

MATEO
(*Grotesco en tres cuadros*)

Estrenado en el Teatro Nacional de Buenos Aires por la Compañía Nacional de Pascual E. Carcavallo, el 14 de marzo de 1923.

La acción en Buenos Aires. Derecha e izquierda del espectador.

REPARTO DEL ESTRENO

Doña Carmen	ROSA CATA
Lucía	MARÍA ESTHER LAGOS
Don Miguel	GREGORIO CICARELLI
Don Severino	EFRAÍN CANTELLO
Chichilo	PACO BUSTO
Carlos	JOSÉ OTAL
El Loro	VALERIO CASTELLINI
Narigueta	TITO LUSIARDO

CUADRO PRIMERO

La familia de don Miguel ocupa dos habitaciones en el conventillo. En el rincón izquierdo del escenario, la alta cama matrimonial; en el derecho, la de Lucía. Mesitas de luz en cada cabecera. Alfombrines raídos. La puerta del lateral izquierdo lleva al cuarto de Carlos y Chichilo; la del foro, al patio. A la izquierda de esta, ventana sin hierros, con visillos. Entre puerta y ventana, dos alambres sostienen una cortina de cretona que, corrida, oculta entre sí ambas camas. Cristalero en primer término de izquierda y mesa con hojas "de media luna". Sillas de Viena y de paja. Baúles debajo de las camas. Una vieja palangana montada sobre armazón de madera hace de estufa. En el muro derecho cuelgan ropas cubiertas por un paño. Sobre la cama de los viejos, un cromo de la Virgen con palmas cruzadas y una repisa sosteniendo un acordeón. En la cabecera de la otra cama, un crucifijo con gran moño. Las siete de la mañana. Invierno. Doña Carmen, sentada en silla baja, calienta sus manos en el brasero. Los enseres del mate en el suelo; la "pava" en el fuego. Lucía termina de vestirse. Chichilo, enroscado en las colchas, duerme sobre un colchón, a los pies de la cama de la hermana.

LUCÍA. —¿No vino papá, todavía?

DOÑA CARMEN. —No.

LUCÍA. —¡Qué frío!

DOÑA CARMEN *(Brindándole el mate).* —Toma. Caliéntase. *(Lucía sorbe en silencio mirándose en el espejo del cristalero.)* Cuida que no hirva el café.

LUCÍA. —Espere que me lave la cara, siquiera. Haga levantar a ese atorrante. *(Por Chichilo.)* Viene el viejo y empieza la tragedia. ¿Dónde habrán puesto la toalla?

DOÑA CARMEN. —La tiene Carlito afuera.

LUCÍA *(Abriendo la puerta).* —¡Brrr... qué frío!... *(Mutis.)*

CHICHILO *(Soñando).* —¡Se la pianta! ¡Pst! ¡Pst!

DOÑA CARMEN.—Chichilo.

CHICHILO *(Retorciéndose).* —¡Uh!... ¡Se la pianta! ¡Cretino!

DOÑA CARMEN (*Tocándolo*). —Chichilo. Dormelón. Levántase, le digo.
CHICHILO (*Incorporándose*). —¡Corran! ¡Corran!
DOÑA CARMEN. —¡Eh!... ¡Depiértase! (*Chichilo abre los ojos.*)
CHICHILO. —¿Dónde está Lucía? (*Se sienta en el suelo.*)
DOÑA CARMEN. —Lavándose. Toma. Caliéntase.
CHICHILO (*Con ira*). —¡Qué sueño fulero! (*Aparte.*) Soñé que se la piantaban. (*Devolviendo el mate.*) ¿Los manubrios?
DOÑA CARMEN. —Qué sé yo.
CHICHILO (*Sacando dos planchas de debajo del colchón*). —Aquí están. (*Hace flexiones. Carlos aparece por el foro, secándose la cara.*)
DOÑA CARMEN (*A Carlos*). —Toma. Caliéntase. (*Le brinda el mate.*)
CARLOS (*Sorbiendo*). —¿Qué hacé, Densey?
CHICHILO. —Cerrá la puerta.
LUCÍA (*Desde forillo*). —Dame la toalla.
CARLOS (*Arrojándosela*). —Ahí la tiene.
LUCÍA. —¡Eh!... (*Doña Carmen cierra la puerta.*)
CARLOS. —¿Cuándo será ese día que te vea no-cau a vo... con la cabeza hinchada y la carretilla colgada de la oreja? (*Mueca. Da el mate a doña Carmen. Chichilo continúa sus flexiones conteniendo apenas su ira. Respira acompasadamente.*) ¡Chifladura! (*Mutis izquierda.*)
DOÑA CARMEN. —Toma. (*Da el mate a Chichilo.*)
CHICHILO. —¿No ve que no he terminado el run?
DOÑA CARMEN. —¿Qué?
CHICHILO. —Que no me haga hablar.
DOÑA CARMEN. —¿Por qué?
CHICHILO. —Porque no puedo respirar, ¿no comprende?
CARLOS (*Adentro. Grita*). —¡No grite, mocoso!
CHICHILO (*Arrojando las planchas*). —¡Ah; no se puede hacer nada! ¡Injusticia! Algún día me va a llevar en anda ese: "¡Yo soy el hermano!", va a decir: "¡Yo soy el hermano!". (*Salta a la cuerda.*)
DOÑA CARMEN. —Calláte. No lo pinchá. (*Mutis izquierda con el mate.*)

LUCÍA *(De foro.).* —Hacés mover toda la casa.

CHICHILO. —¡La otra! Andá al espejo a hacer ejercicios con los ojos, vo.

LUCÍA. —Mejor.

CHICHILO. —Pa meter a los cajetilla.

LUCÍA. —Mejor. *(Se riza las patillas ante el espejo colgado.)*

CHICHILO. —Coqueta.

LUCÍA. —Mejor. *(Chichilo le arroja la cuerda.)* ¡Burro!

CHICHILO. —¡Loca!

LUCÍA. —¡Burro!

DOÑA CARMEN *(En la izquierda. Deteniendo a Chichilo que va tirar una plancha).* —¡Chichilo!

CHICHILO. —Esta va a ser la desgracia de la familia, mama.

CARLOS *(Adentro).* —¡A ver si empiezo a repartir castañas!

LUCÍA *(Ante el espejo de la cabecera de su cama).* —¡Ja, ja!... ¡Qué miedo! *(Mutis foro.)*

DOÑA CARMEN. —Vamo, hijo, vamo. Cómo son, también. *(Mutis detrás de Lucía, Chichilo pelea con la sombra.)*

CARLOS *(Por izquierda, luego de una pausa).* —Vamo; sacá ese colchón de ahí.

CHICHILO. —Ya voy; me falta un run.

CARLOS. —¡Llevá el colchón!... *(Chichilo obedece de mala gana.)* Esa es otra. ¿Se puede saber pa qué dormís ahí todas las noches ahora?

CHICHILO. —Qué sabé, vo. Vo no ve nada. *(Levanta el colchón.)* Vo... no me dejé entrenar. Vo... seguí sin ver.

CARLOS.— ¿Y qué hay que ver? *(Impidiéndole el mutis.)* Hablá; ¿qué hay que ver?

CHICHILO *(Dejando el colchón.).* —Hay que ver el honor.

CARLOS. —¿Qué honor? *(Susto.)*

CHICHILO. —¡El honor de las mujeres! *(Levanta el colchón.)*

CARLOS *(Asustado de lo que piensa).* —¿Qué mujeres? *(Lo agarra.)*

CHICHILO. —¡Che, golpes prohibidos, no!

CARLOS. —¡Hablá!

CHICHILO. —¡Largá! *(Arroja el colchón.)*

CARLOS. —¿Lucía?

CHICHILO. —Sí.

CARLOS. —¿Qué?

CHICHILO. —¿No ves qué linda se ha puesto?

CARLOS. —¿Y?

CHICHILO. —Que andan así los cajetillas.

CARLOS. —¿Y?

CHICHILO. —¿Y?... ¡Qué pregunta! Que hay que cuidarla para que no se la pianten. *(Levanta el colchón.)*

CARLOS *(Arrebatándoselo).* —¿Para eso me has hecho asustar?

CHICHILO. —¡Ja!... Te parece poco. Así... como moscas están. Me tienen loco.

CARLOS. —Pero... ¿vos sos un otario, entonces?

CHICHILO. —¡Ja, otario! Tan difícil que es trabajarse una mina: le hablan de la seda, del capelín, del champán, de la milonga; le hacen oír un tango, le muestran un reló pulsera, y se la remolcan. Después los viejos lloran y los hermanos atropellan, pero ya es tarde, ya es flor de fango que se arrastra, sin perfume. ¿No has visto en el teatro? Andá a ver. Te hacen llorar.

CARLOS. —Pero gil, ¿vos cres que a las mujeres se las engaña? Las mujeres rajan cuando están hartas de miseria.

CHICHILO. —Y bueno, ¿qué querés?: ¿somo rico nosotro? *(Por Lucía que vuelve.)* Cuidao.

LUCÍA. —El café. *(Lo deja en la mesa. La miran los dos.)*

CHICHILO. —Mirala cómo camina.

CARLOS. —¿Qué tiene?

CHICHILO. —¿No manyás cómo hace? ¡Tienen razón los cajetillas! ¡Se nos van a meter en el patio! *(Levanta el colchón. Lucía se ha ido por foro.)*

CARLOS *(Pensativo).* —Dejala que raje. Mejor para ella. Por lo que la espera aquí. En cualquier parte va a estar mejor... aunque esté mal.

CHICHILO *(Deteniéndose con el colchón al hombro).* —¿Ah, sí? Ahora caigo; vos sos de esos hermanos que después las shacan. Eso también lo dan en el teatro. ¿No tenés vergüenza.

CARLOS *(Atropellándolo.).* —¿Qué?

CHICHILO. —¡Araca que soy tu hermano!... *(Huye, Carlos se detiene.)*

DOÑA CARMEN *(Seguida por Lucía que va al espejo de foro).* —Pronto. Se enfría. *(Sirve.)*

LUCÍA. —Yo no quiero.

DOÑA CARMEN. —¿Por qué?

LUCÍA. —No tengo ganas.

DOÑA CARMEN. —No come nada esta chica.

CARLOS *(Después de observar a la hermana.).* —Dale, metele a la pastilla. Ya sé dónde vas a ir a parar vo.

LUCÍA. —Mejor.

DOÑA CARMEN. —Dejala tranquila. Toma el café. *(Va al fuego otra vez. Tiene frío; se cubre la cabeza con la pañoleta.)*

CARLOS.—Linda familia: un hijo loco, el padre sonso y la hija rea. ¿No hay pan fresco?

DOÑA CARMEN. —No, hijo. Hasta que no venga el viejo... Anoche no ha quedado un centavo en casa.

CARLOS.—¡Hágame el favor: ni para pan!

LUCÍA *(Desde el foro).*—Trabaje.

CARLOS. —Trabaje. ¡Ju!... Está bien. Pronto se va a acabar. ¿Esta es toda la azúcar que hay?

DOÑA CARMEN. —¿E poca? *(Chichilo entra por foro y se sienta a la mesa.)*

CARLOS. —¡Hágame el favor! *(Parece que va a tirar la azucarera, pero vuelca el contenido en su taza.)*

CHICHILO. —Araca, ¿y para mí no hay?

CARLOS. —Trabaje. *(Come con buen apetito.)*

CHICHILO. —¿Qué? ¿Lo voy a tomar amargo? No me gusta.

CARLOS. —Vaya acostumbrándose.

CHICHILO. —¡Como para estar en treining!... ¿No calotiaste en el café?

CARLOS *(Dándole un paquetito de azúcar).* —Tome. Si no pienso yo... pobre familia. *(Por el desayuno.)* ¡Ya está frío! *(Comen.)* Lucía.

LUCÍA. —¿Qué?

CARLOS. —Pedile "La Nación" a la encargada.

LUCÍA. —¡Uffa! *(Sale al forillo.)*

CARLOS. —¡Cerrá la puerta!

LUCÍA *(Reaparece)*. —¡El viejo!

CARLOS. —¿Viene hecho?

LUCÍA. —No: trae la galera sobre los ojos.

CHICHILO. —¡Araca: bronca entonce!

CARLOS. —Ni el café con leche se puede tomar. ¡Qué gana de revoliar todo!... *(Pero se lo bebe precipitadamente y va a sentarse en primer término derecha. Lucía prepara la cama para que el viejo se acueste.)*

DOÑA CARMEN *(Renovando el mate)*. —No le contestá, Carlito por favor. No lo haga enojá.

CARLOS. —Que no me pinche.

CHICHILO. —Hágalo acostar en seguida, mama.

DOÑA CARMEN. —Séamo bueno. Pobre viejo; viene cansado, muerto de frío. Séamo bueno.

MIGUEL *(Gabán de lana velluda hasta los tobillos, "media galera", bufanda y látigo. Trae una cabezada colgada al brazo; los bolsillos laterales llenos de diarios.)*. —Bon día. *(Le contestan todos, mientras él los mira. Deja a los pies de su cama, galera, látigo y cabezada.)* ¿Ha venido...? *(Un estornudo que viene de muy lejos lo detiene.)* ¿Ha venido...? *(Estornuda estruendosamente, con rabia.)* ¡Achírrepe!

DOÑA CARMEN. —Salute.

MIGUEL. —¡Achírrepe!... E dos. ¡Schiatta! ... ¡Achírrepe!... E tres. ¡Revienta!

CHICHILO *(Aparte)*. —¡Manyá qué presión trae!

MIGUEL. —Otro más... e que sea l'último... ¡Achírrepe! *(Se suena.)* ¿Ha venido Severino?

DOÑA CARMEN. —¿No? ¿Por qué?

MIGUEL. —Pregunto.

DOÑA CARMEN *(El mate)*. —Toma; caliéntase. *(El viejo sorbe con fruición.)* Sentate.

MIGUEL *(Se sienta)*. —Estoy cansado de estar sentado. *(Le preocupa la actitud de Carlos. A Doña Carmen.)* ¿Cómo estás? ¿Tiene frío?

DOÑA CARMEN. —Un poco.
MIGUEL. —Ha caído yelo esta noche. *(Por Carlos.)* ¿Qué tiene?
DOÑA CARMEN. —Nada. Piensa.
MIGUEL. —¿Igual que una persona? *(Arrojándole un diario a sus pies.)* ¡"La Prensa"!
CARLOS. —Gracia. Leo "La Nación".
MIGUEL *(Arrebatándose)*. —¡La... !
DOÑA CARMEN. —Miquele...
MIGUEL. —¡La...! *(Conteniéndose, a doña Carmen.)* ¿Comprende? ¡Qué hijo macanudo! Tremendo. Un día de esto lo ato al coche.
CARLOS *(Aparte)*. —¡Se lo rompo a patadas!
MIGUEL. —Levanta el diario. *(Silencio.)* ¡Levanta el diario!... *(Carlos obedece.)* Bravo.
CHICHILO *(Sonriendo a don Miguel que se le acerca. Bajo, a doña Carmen)*. —Ahora se la cacha conmigo.
MIGUEL. —Bon provecho.
CHICHILO *(Queriendo serle grato.)*. —Ya me lo dijo, viejo.
MIGUEL. —E se lo digo otra vez, ¿qué hay?
CHICHILO. —Y... no hay nada... ni siquiera azúcar.
MIGUEL. —¡Cállase la boca! ¡Sácase la gorra!... Bravo.
CHICHILO. —Diga.
MIGUEL. —¿Qué quiere?
CHICHILO. —¿No tiene sueño?
MIGUEL. —No. ¿Por qué?
CHICHILO. —Y... yo tendría sueño.
MIGUEL. —Porque usté es una haragán, ¿comprende? Lucía. *(Va hacia su cama.)*
CHICHILO *(A doña Carmen)*. —Hágalo acostar, mama; dele el opio que si no... Pago siempre yo. *(Mutis izquierda.)*
MIGUEL. —Lucía.
LUCÍA *(Que se da colorete a escondidas)*. —¿Qué?... ¿Llamaba?
MIGUEL *(Viéndole las dos manchas de carmín)*. —¿Qué se ha hecho?
LUCÍA. —¿El qué? *(Tonta.)*
MIGUEL *(Apartándola. Discreto)*. —¿Por qué hace eso?

LUCÍA. —No sé de qué habla.

MIGUEL *(Mostrándole un dedo que tiñe en sus mejillas).* —Hablo de esto.

LUCÍA. —Y bueno...

MIGUEL. —E muy feo, hijita.

LUCÍA. —No; si se usa.

MIGUEL. —Hay mucha cosa que se usan... e que son una porquería.

DOÑA CARMEN *(Brindándole un mate, sin mirarle).* —Toma, Miquele.

MIGUEL. —Levanta la cabeza. *(Le limpia con su pañuelo.)* No me haga más esto.

LUCÍA. —¡Uff... qué olor a toscano!

MIGUEL. —Otra vez que yo la veo pintada... *(Irritación contenida.)* ¡...la castigo col látigo! *(La empuja.)*

LUCÍA. —Y bueno... si se usa.

DOÑA CARMEN. —Miquele, toma el mate.

MIGUEL. —¡Tómaselo usté! *(Brusco.)*

DOÑA CARMEN. —¿No quiere más? ¿Está feo?

MIGUEL *(Arrepentido).* —No. Traiga. *(Sorbe.)* ¡Está riquísimo! *(Cariñoso.)* Lucía, venga. ¿Sabe?, tiene que hacer una almohadilla para la cabezada de Mateo.

LUCÍA *(Fastidiada).* —¿Más almohadillas?

MIGUEL. —Sí. El pobrecito caminaba dormido, seguramente, e se ha dado un cabezazo tremendo contra un automóvil. ¡Así se quemaran todo!

CARLOS *(Que está leyendo).* —¿No te digo?

DOÑA CARMEN. —¿Se ha lastimado mucho?

MIGUEL. —Se ha hecho a la frente un patacone así de carne viva. ¡Tiene una desgracia este caballo! Siempre que pega... pega co la cabeza. Yo no sé. Una almohadilla igual, igual a aquella que le hicimo para el batecola, ¿recuerda?

LUCÍA. —Sí. *(Toma con asco la guarnición.)*

MIGUEL. —Bravo. Tiene tiempo hasta la noche.

LUCÍA *(A doña Carmen, al pasar).* —La dejo ahí, mama; después la hace usté.

DOÑA CARMEN. —Bueno. *(Mutis de Lucía por izquierda.)*

MIGUEL *(Sacándose el capote).* —Al principio yo no hice caso al golpe e ho seguido caminando por Corriente arriba —el choque fue a la esquina de Suipacha—, pero Mateo cabeceaba de una manera sospechosa, se daba vuelta, me meraba —con esa cara tan expresiva que tiene—, e me hacía una mueca... así... como la seña del siete bravo.

CARLOS *(Comentario).* —¿No ve? Si hasta juega al truco, ahora.

MIGUEL. —Yo no sé... *(Ríe complacido, recordando.)* Este Mateo... e tremendo. Hay vece que me asusta. N'entendemo como dos hermanos. Pobrecito. Me ho bajado e con un fóforo so ido a ver. ¡Animalito de Dios! Tenía la matadura acá... *(Sobre un ojo.)*  e de este otro lado un chichón que parecía un casco de vigilante requintado. Pobrecito. Se lo meraba como diciéndome: "Miquele, sacame esto de la cabeza". Le ho puesto un trapo mojado a la caniya de Río Bamba e Rauch, mordiéndome de estrilo. ¡L'automóvil! ¡Lindo descubrimiento! Puede estar orgolloso el que l'ha hecho. Habría que levantarle una estatua... ¡arriba de una pila de muertos, peró! ¡Vehículo diavólico, máquina repuñante a la que estoy condenado a ver ir e venir llena siempre de pasajero con cara de loco, mientra que la corneta, la bocina, lo pito e lo chancho me pifian e me déjano sordo!

CARLOS. —Es el progreso.

MIGUEL. —Sí. El progreso de esta época de atropelladores. Sí, ya sé. Uno protesta, pero es inútil: son cada día más, náceno de todo lo rincone; so como la cucaracha. Ya sé; ¡qué se le va hacer! ¡Adelante, que sígano saliendo, que se llene Bonos Aire, que hágono puente e soterráneo para que téngano sitio... yo espero; yo espero que llegue aquel que me tiene que aplastar a mí, al coche e a Mateo! ¡E ojalá que sea noche misma!

DOÑA CARMEN. —Acostate, Miquele.

CARLOS. —Claro, usté respira por la herida, pero... hay que entrar, viejo: hay que hacerse chofer.

MIGUEL *(En el colmo del asombro).* —¡¿Quién?!... ¡¿Yo?!... ¿E usté e mi hijo?... Cármene, ¿este es hijo mío, seguro?

DOÑA CARMEN. —No le haga caso; acostate.

MIGUEL. —¿Yo chofer? Ante de hacerme chofer —que son lo que me han quitado el pane de la boca— ¡me hago ladrón! ¡Yo voy a morir col látigo a la mano e la galera puesta, como murió me padre, e como murió me abuelo! Chofer... ¡No! Lo que yo tendría que ser so do minuto presidente. ¡Ah, qué piachere!... Agarraba los automóvile con chofer e todo, hacía un montón así, lo tiraba al dique, lo tapaba con una montaña de tierra e ponía a la punta este cartel: "Pueden pasar. Ya no hay peligro. ¡S'acabó l'automóvile! ¡Tómeno coche!".

DOÑA CARMEN. —¿Ha trabajado poco anoche?

CARLOS. —La pregunta... ¿No ve cómo viene?

MIGUEL. —No; mucho. Un viaje de ocho cuadra. Se bajaron para tomar un automóvil. Estaban apurados... E todavía me discutían el taxímetro: "¡Está descompuesto!... ¡Está descompuesto!... ¡Ladrones!". "¡El que está descompuesto soy yo!" —le ho contestado. He tenido que revoliar el fierro para cobrar.

CARLOS. —¡También... con ese coche!

MIGUEL. —¿Qué tiene el coche?

CARLOS. —Nada. Cada rendija así; la capota como una espumadera. Yo no subía ni desmayao.

MIGUEL. —Natural, no es un coche para príncipe.

CARLOS. —¡Qué príncipe! ¿Y el caballo?

MIGUEL. —¿Qué va a decir de Mateo?

CARLOS. —Ese no es un llobaca.

MIGUEL. —¿E qué es?

CARLOS. —Es una bolsa de leña.

MIGUEL. —¡Mateo, una bolsa de leña!

CARLOS. —Una cabeza grande así, el anca más alta que el cogote, partido en dos, los vasos como budineras, lleno de berrugas, casi ciego... ¿qué quiere? Da lástima. La gente lo mira, le da gana de llorar y raja.

MIGUEL. —Y sin embargo tiene más corazón que usté. Hace quince años que trabaja para usté sin una queja.

CARLOS. —Por eso: jubileló.

MIGUEL. —Cuando usté me compre otro; yo no puedo.

CARLOS. —No se queje, entonces.

MIGUEL. —Yo no me quejo de él, me quejo de usté. Mateo reventado e viejo me ayuda a mantener la familia; me ayuda... ¡la mantiene! Yo me quejo de usté, que se burla de él e vale mucho meno.

CARLOS. —Ese berretín va a ser su ruina. No veo la hora de que se le muera.

MIGUEL. —Es claro. Cuando Mateo se muera, usté se va a reír. E cuando me muera yo, como él, reventado, viejo y triste... usté también se va a reír.

DOÑA CARMEN. —Miquele, ¿qué dice?

CARLOS. —No tome las cosas al revés.

MIGUEL. —Eh... te conozco mascarita.

CARLOS. — ¡Ah! Dice cada cosa... Todo porque no traigo plata. Siempre la plata. Un día de estos, ¡lo voy a ahogar en la plata! *(Mutis hacia la calle.)*

MIGUEL *(Lo corre. En la puerta).* —¡Porquería! ¡Malevito!... ¡Chofer!

DOÑA CARMEN. —No haga caso, Miquele. Está con la luna. Acostate.

MIGUEL. —No me acuesto nada.

DOÑA CARMEN. —¿No tiene sueño?

MIGUEL. —Sí, pero no tengo gana de dormir. Espero a Severino.

DOÑA CARMEN. —¿Severino? ¿Vas a pedirle plata otra vez?

MIGUEL. —¿E qué quiere hacer? *(Pausa.)*

DOÑA CARMEN. —¿Cuánto le debe?

MIGUEL. —Tresciento peso. Respondo con coche e co Mateo. Pobrecito... lo tengo hipotecado.

DOÑA CARMEN. —¿No hay otro amigo a quién pedir?

MIGUEL. —¿Cuál? Diga. Amigo tengo mucho, pero so toda persona decente: no tiene ninguno un centavo. Al único que conozco con la bolsa llena es a Severino.

DOÑA CARMEN. —¿E tú sabe cómo la ha llenado?

MIGUEL. —¿E quién lo sabe?... Con su sudor no será. Nadie llena la bolsa col sólo sudor suyo.

DOÑA CARMEN. —Díceno que de noche ayuda col coche a lo ladrone.

MIGUEL. —No diga macana. ¿Usté lo ha visto?... Yo tampoco. Después... no hay otro remedio. La plata hay que pedirla a quien la tiene.

DOÑA CARMEN. —Es un tipo que me da que pensar.

MIGUEL. —Cuando se tienen hijo no hay que pensar, hay que darle de comer; ¿comprende?... *(Meditan silenciosos.)*

DOÑA CARMEN. —¿Para el mercado... ha traído?

MIGUEL. —No. Se me pone pata arriba, no me cae un cobre.

DOÑA CARMEN. —¿E cómo hacemo?

MIGUEL. —¿No te fía?

DOÑA CARMEN. —No. Le debo once peso ya. Es un carnicero tan antipático.

MIGUEL. —¡Ah! *(Se despeina.)*

DOÑA CARMEN. —No te enojá... A lo mejor me fía. A lo mejor me fía. No te enojá.

MIGUEL *(La atrae hacia sí, conmovido).* —Bah, bah. Esperemo a Severino. *(Pausa.)* El corralón tampoco l'ho pagado. Me lo quieren echar a la calle a Mateo. No sé donde lo voy a llevar... *(Para alegrarla.)* Lo traigo acá. Lo ponemo a dormir con Carlito; así se ríe. *(La vieja lo mira desolada. Silencio.)* Sí; con la carrindanga ya no hay nada que hacer a Bono Saria. El coche ha terminado, Carmené. L'ha matado el automóvil. La gente está presenciando un espectáculo terrible a la calle: l'agonía del coche... pero no se le mueve un pelo. Uno que otro te mira nel pescante, así... con lástima; tú ves el viaje e te párase... ¡manco pe l'idea!... por arriba del caballo te chistan un automóvil. *(Pausa.)* ¿Tú has sentido hablar del muerto que camina?... Es el coche. *(Pausa.)*

DOÑA CARMEN *(Compungida).* —¡E qué hacemo, Miquele?

MIGUEL. —Eh... Tirare la manga a Severino. ¿Qué quiere hacer? *(Meditan, el viejo apoyado en el hombro de la vieja.)*

LUCÍA *(De izquierda).* —Papá, ¿me trajo los siete pesos para reformarme el vestidito?

MIGUEL. —No he podido.

LUCÍA. —¿Tampoco puedo ir a ese casamiento, entonces?

DOÑA CARMEN. —Va col vestido que tiene.

LUCÍA. —¡Ah, sí, cómo no! Como una rea.

MIGUEL. —No vaya, entonce. Cuando no se puede, no se puede. No hay que ser tan cascarilla.

LUCÍA. — Sí; cascarilla. Un día de estos me conchavo en la fábrica.

DOÑA CARMEN *(Súbita)*. —No; a la fábrica no quiero. Tengo miedo.

LUCÍA *(A don Miguel.)*. —¿No ve? *(Por su indumentaria.)* Yo no puedo verme más así.

MIGUEL. —¡E yo tampoco!

DOÑA CARMEN. —¡Cállate, Lucía!

LUCÍA. —Sí; cállate. No sé para qué es linda una si no puede ponerse encima un trapo que le quede bien.

MIGUEL *(A doña Carmen)*. —¿Comprende? *(A ella.)* Usté señorita pretenciosa, es linda, pero es pobre.

LUCÍA. — Sí, ya sé; ¡pero es muy triste, muy triste! *(Mutis foro.)*

MIGUEL. —¿Comprende? E tiene razón. La culpa es mía. Yo no tengo derecho a hacer sufrir a mis hijos. E ello se quejan. E tienen razón. ¡La culpa e mía!

CHICHILO *(De izquierda)*. —¡Lucía!... Mama, ¿dónde está Lucía? *(Fintea.)*

DOÑA CARMEN *(Señalando)*. —Ha salido.

MIGUEL. —¿Qué tiene?

CHICHILO. —Nada. *(Mutis hacia la calle.)*

MIGUEL. —Cada día está más sonso.

CHICIHILO *(Reapareciendo)*. —Ahí viene don Severino. *(Mutis.)*

MIGUEL. —Meno mal. Alegrate, Cármene. Este nos salva.

SEVERINO. —Bon día. *(Es un "funebrero". Levita Tubo. Plastrón. Afeitado. Pómulos prominentes. Dos grandes surcos hacen un triángulo a su boca de comisuras bajas.)*

DOÑA CARMEN. —Bon día. *(Le disgusta la visita. Pero hasta su disgusto es dulce.)*

MIGUEL. —Adelante, Severino, adelante. ¿Trabaja hoy?

SEVERINO *(Arrastra las palabras. Tiene una voz de timbre falso, metálico. De pronto sus ojos relampaguean)*. —Sí; tengo un entierro a la nueve. Al coche de duelo.

MIGUEL. —Siéntase. *(Indica a la vieja que se siente.)*

SEVERINO. —Gracia. *(Se sienta.)*

DOÑA CARMEN. —¿La familia?

SEVERINO. —Vive.

MIGUEL. —¿Mucho trabajo? *(Se sienta entre los dos.)*

SEVERINO. —¡Uh!... *(Las diez yemas de los dedos juntas.)* Así; a montone. *(Silencio.)* ¿Sabe quién ha muerto ayere?

MIGUEL. —¿Quién?

SEVERINO. —Cumpá Anyulino.

DOÑA CARMEN. —¡Oh, pobrecito!

MIGUEL. —¿Y de qué?

SEVERINO. —Na bronca-neumonía. *(Triste.)* Lo hemo llevado a la Chacarita. Yo iba al fúnebre. *(Despectivo.)* Con do caballo nada más.

DOÑA CARMEN. —¡Oh, qué pena, qué pena! *(Tiene lágrimas ya.)*

MIGUEL. —Mejor para él; ya está tranquilo. *(Silencio.)*

SEVERINO. —¿Sabe quién ha muerto el sábado?

DOÑA CARMEN. —¿Otro?

SEVERINO. —Una hija de Mastrocappa.

DOÑA CARMEN. —¡Oh, poveretta!

SEVERINO. —Vente año. Tubercolosa. *(Don Miguel ya está fastidiado.)* La hemos llevado a la Chacarita, también. *(Despectivo.)* A un nicho, al último piso, allá arriba. *(Silencio.)* Hoy voy a la Recoleta. Ha muerto el teniente cura de la parroquia.

DOÑA CARMEN. —¡Vérgine Santa! ¿E de qué?

MIGUEL. —¡De un acchidente!

SEVERINO. —No. A un choque de automóvil.

MIGUEL. —¿Ah sí? ¡Me gusta, estoy contento! ¡Mata, aplasta, revienta, no perdone ni al Patreterno! Me gusta.

SEVERINO *(Sin inmutarse).* —En medio menuto ha entregado el rosquete. Se moere la gente a montone. Da miedo. Ayer, a la Chacarita, entraron ciento cincuenta cadáveres. Ante de ayer, ciento cuarenta y cuatro... *(Doña Carmen llora moviendo la cabeza.)* Ante de ante de ayere...

MIGUEL *(Señalándole a la vieja).* —¡Eh... Severino... no cuente más...

SEVERINO. —¿Qué? ¿Le hace mal efecto, doña Cármene?

Eh, la vida es así. Todo tenemo que termenar allá. Mañana usté... pasado mañana él, dentro de muchos años yo... pero todos... todos.

DOÑA CARMEN. —Cuanto má tarde mejore, don Severino.

SEVERINO *(Con un relámpago)*. —¡Eh, se comprende!... *(Triste.)* Pero es inútil, no hay salvación. ¡Usté corre, corre, pero la Parca te alcanza! *(La mandíbula desencajada y las manos como garras.)*

MIGUEL. —¡Uh, cumpá, cómo tráese la guadaña esta mañana!

SEVERINO. —E que la vida e triste, Mequele.

MIGUEL. —Pero tú la hace chiú puerca todavía. Parece una capilla ardiente. Traes olor a muerto.

SEVERINO. —E la ropa.

MIGUEL. —¡Sacate esa chemenea!

SEVERINO. —¿Me queda male?... *(Se la quita. Tiene una pelada diabólica.)*

MIGUEL. —Asusta. Parece el cuco.

SEVERINO. —La falta de costumbre. *(Lustra el tubo.)* Al principio, en casa, lo chico lloraban... ahora, si se la dejo, l'escupen adentro. *(Busca sitio seguro para dejarla.)*

DOÑA CARMEN *(Aparte a Miguel)*. —Yo voy. Te dejo solo, así puede hablar.

MIGUEL *(Ídem)*. —Sí. *(Por Severino.)* Este está en casa. Dígale al carnicero que mañana pagamo. Mañana pagamo todo. Está tranquila, alegrate.

SEVERINO. —¿Adónde la puedo dejar que no s'ansucie?

DOÑA CARMEN. —Aquí no más. *(La cama de Lucía.)* Con permiso.

SEVERINO. —¿Va al mercado? No compre fruta que tiene la fiebre tifu. *(Mutis de doña Carmen. A Miguel, mirándolo de soslayo.)* Bueno.

MIGUEL. —Bueno... Sentate, Severino.

SEVERINO. —Acá estoy. Ha hecho biene, Mequele, de acordarte de mí. Estaba precisando esta plata que te ho dado.

MIGUEL. —¿La precisa?...

SEVERINO. —Sí. Esta mañana se me vence na cuota de la ca-

sita que estoy levantando a Matadero. ¿Me vas a pagare todo?

MIGUEL. —Este... *(Aparte.)* ¡Linda entrada! *(Alto.)* Yo quisiera pagarte, Severino, pero... resulta que... no puedo pagarte nada porque estoy así. *(Cierra los ojos.)*

SEVERINO. —¿Para qué me ha hecho venire, entonce?

MIGUEL. —Pensando que... *(Está corrido.)* como siempre te has portado tan bien... en fin... ¿comprende?... si quisiera prestarme... todavía... por última vez...

SEVERINO *(Como dijo: Parca)*. —¿Más plata?

MIGUEL *(Afirmando)*. —Ah... ma poca...

SEVERINO. —No, Mequele; ne poca ne mucha. Basta. La plata, a mí me cuesta ganarla. Estoy cansado de cargar muerto.

MIGUEL. —El muerto sería yo.

SEVERINO. —No, yo. Usté está así porque quiere. Es un caprichoso usté. Tiene la cabeza llena de macana usté. Eh, e muy difíchile ser honesto e pasarla bien. ¡Hay que entrare, amigo! Sí, yo comprendo: saría lindo tener plata e ser un galantuomo; camenare co la frente alta e tenere la familia gorda. Sí, saría moy lindo agarrar el chancho e lo vente. ¡Ya lo creo!, pero la vida e triste, mi querido colega, e hay que entrare o reventare.

MIGUEL. —Severino... yo te pido plata e tú me das consejo.

SEVERINO. —Consejo que so plata. Yo también he sido como usté: cosquiyoso. Me moría de hambre. Ahora sé que el pane e duro e que lo agarra cada cuale co las uñas que tiene.

MIGUEL. —¿Esto quiere decir que me deja a la intemperie?

SEVERINO. —Esto quiere decir que te espero uno cuanto día más e se no me págase te vendo la carrindanga y el burro.

MIGUEL. —¿Tú?

SEVERINO. —¡Io!

MIGUEL. —¿Es posible?

SEVERINO. —¡Tanto!

MIGUEL. —¿E qué tengo que hacer?

SEVERINO. —Lo que hago yo.

MIGUEL. —¿E qué hace usté?

SEVERINO. —No pido limosna.

MIGUEL. —¡Ah, quisto no!

SEVERINO. —¡Ah, quisto sí!

MIGUEL. —¡Uí Severi!...

SEVERINO. —¡Uí, Mequé!...

MIGUEL. —¡Tú si nu mal amigo!... *(Avanza iracundo.)*

SEVERINO. —¡E tú nu aprovechadore que quiere hacer el hombre honesto co la plata mía!

MIGUEL *(Deteniéndose. Aparte).* —¡La Madona... qué zapallazo!

SEVERINO *(Regocijado).* —Parece que tengo razone, ¿eh?... ¿Le duele? ¡Ah!... *(Está detrás de él.)* ¿Te acuérdase de aquel día que me rechazaste uno vaso de vino "por qué no sabía cómo lo ganaba"?

MIGUEL. —¿lo?

SEVERINO. —Tú.

MIGUEL. —No m'acuerdo.

SEVERINO. —Yo sí; e lo tengo acá todavía. *(En la garganta.)* Me despreciaste porque yo había dejado de hacer el puntilloso; me insultaste, Mequele, e hiciste male, porque yo, ahora, tengo una casa mía, la mojer contenta e los hijo gordo; mientras tú, con tu orgullo, tiénese que pedirme la lemosna a mí para seguir viviendo a esta pieza miserable, esperando que la familia, cansada de hambre, te eche por inútile.

MIGUEL. —Callate... ¿por qué me trabaja así?

SEVERINO. —¡Eh!... Hay que entrare, amigo. La vida es una sola, e a lo muerto lo lléramo uguale cuando han sido honesto que cuando han sido deshonesto.

MIGUEL. —Callate, Mefestófele.

SEVERINO. —Ascucha, San Mequele Arcángelo; está a tiempo todavía. Aprenda a vivir. Hay mucho trabajito por ahí... secreto... sin peligro... que lo págano bien.

MIGUEL. —No me trabaje... no me trabajé más... que me agarra cansado.

SEVERINO. —Cuando usté quiera le consigo uno. *(Yendo hacia el foro.)* Nadie se entera de nada... sigue siendo don Mequele... págase a los amigo... e da de comer a los hijo, que so más sagrado que l'apellido.

MIGUEL. —¡Andate, Satanás... que te estoy viendo la cola! ¡Tú

si nu malamigo! ¡Tú eres un mal amigo!

SEVERINO. —Ahora, se no quiere entrare... hay una manera de salire.

MIGUEL. —¡¿Cómo!?

SEVERINO *(Señalando al Cristo).* —Mira, ahí lo tiene. Pídale a Yesu-Cristo que te salve. Puede ser que t'ascucha. Yo no. *(Se encaja la galera y mutis.)*

MIGUEL. —¡Cruz diablo!... *(Yendo hacia el cromo.)* ¡Madona doloratta, tú que si tanto buena, hágale morder la lengua; así se avelena!* (Se echa sobre la cama. Lucía, huyendo de alguien, pasa por forillo. Chichilo, aparece con un ojo "negro". Anda como un boxeador. En medio de la escena repite el "round" que acaba de sostener. Fintas, golpes, esquivadas, recibe el directo al ojo, queda knock-down, reacciona, atropella y golpea furiosamente.)*

MIGUEL *(Que lo mira hace rato como a un loco).* —¡Chichilo!

CHICHILO. —¡Ay, dió! No se ha dormido todavía. *(Se dirige hacia la izquierda ocultando el ojo a don Miguel.)*

MIGUEL *(Deteniéndolo).* —¿Qué le pasa? *(Ve el ojo.)* ¿Qué se ha hecho?

CHICHILO. —Nada... me caí.

MIGUEL. —¿Contra una castaña?

CHICHILO. —Vaya a ver al otro cómo quedó. No-cau. Un cross a la mandíbula. La está buscando.

MIGUEL. —Bueno... esto no puede seguire. Aquí el único que está no-cau soy yo. ¡No puedo más! Tiene que hacer juicio, hijo mío; ya ha pasado la edá de la calesita. Yo, a su edá, ya estaba sentado al pescante para ayudar a mi padre. *(Se enternece.)* E usté juega, salta e mira la luna, mientras su mama se muere de tristeza. Hijo mío...

CHICHILO *(Acongojado).* —¿Por qué me habla así?

MIGUEL. —Para despertarlo. Hijo mío, a mí me da mucha pena hacerlo trabajar en vez de estudiar, como yo quisiera, pero no tengo más remedio, l'agua me ha llegado al cuello e me ahogo... me ahogo...

CHICHILO *(Llorando)*. —Tata, no me hable así... que me hace llorar.

MIGUEL. —Hijo, ¿usté no piensa trabajar?

CHICHILO. —Sí, pienso... pero me distraigo.

MIGUEL *(Airado)*. —¡L ánima que t'ha creato!

CHICHILO. —Yo tengo la idea en otra parte. No me mande trabajar, viejo; si usté me hace trabajar me arruina.

MIGUEL *(Susto)*. —¿Está enfermo?

CHICHILO. —No. Yo lo ayudaré, pero no ahora.

MIGUEL. —¿E cuándo? ¿Cuando Severino me lleve a la Chacarita?

CHICHILO. —Más adelante. Usté no sabe... Yo tengo un gran porvenir. Voy a ser célebre. Voy a tener plata, mucha... para llenar de seda a Lucía, para comprarle una casa a mamá y a usté una cochería. Dejemé. No me diga nada. Va a volar. Vamo a vivir como reye... pero no me apure, no me apure que me arruina.

MIGUEL *(Asustado. Zamarreándolo)*. —¡Eh, Chichilo!... ¿de dónde va a sacar todo eso?

CHICHILO. —¿De dónde? Mire. *(Se quita el saco. Muestra su contextura. Anda sacando el pecho.)* ¡Toque!... ¡Esto es plata!... ¡Toque!...

MIGUEL. —¿Qué dice?

CHICHILO. —¡Manye qué juego de piernas!

MIGUEL. —¡Estamo todo loco!

CHICHILO. —¡Yo voy a ser el primer boxeador del mundo!

MIGUEL. —¡Es un atorrante! ¡No puedo contar con ninguno! ¡Un día de esto me encierro a esta pieza con toda la familia e le prendo fuego!

CARLOS *(Por el foro)*. —¿Qué pasa?

MIGUEL. —¡Pasa que se acabó! ¡Pasa que no hay má morfi! ¡Pasa que el que no trabaja no come!

CARLOS. —Yo he trabajado siempre. Ahora no encuentro.

MIGUEL. —¿E por qué dejó la carnicería?

CARLOS. —Porque soy muy peligroso con un cuchillo en la mano.

MIGUEL. —¿E la panadería?

CARLOS. —Se revienta de calor. ¿Qué quiere?

MIGUEL. —¿E por qué no agarró el coche que yo le había conseguido?

CARLOS. —¡¿Yo cochero?!... ¡Ja!... ¡No faltaba más! ¿Para vivir como usté? ¡Ja... ¡Salga de ahí! ¡Ja!...

MIGUEL. —¡Usté es otro atorrante! ¡Ja! *(Lo imita.)* ¡Quiere que yo lo mantenga! ¡Ja! ¡Pero yo no puedo más! ¡Ja! ¡E yo lo echo de casa! ¡Já, já!

CARLOS. —¿Me echa?

MIGUEL. —¡Afuera!

CARLOS. —¡Mejor! ¡Estoy hasta aquí de sus gritos!

MIGUEL *(Alcanzándolo).* —¡No so grito, so coscorrone! *(Se los da.)*

CARLOS. —¡¡¡Tata!!!

MIGUEL. —¡So coscorrone!

CHICHILO *(Interviniendo como un referée).* —¡Fau!... ¡Fau! ¡Golpe prohibido!... ¡Break!... ¡Break!... *(Intenta separarlos. Miguel de un cachetazo lo echa de bruces en el proscenio.)*

CARLOS *(En el foro).* —¡Se va a arrepentir! *(Mutis.)*

MIGUEL *(Sobre Chichilo).* —Chichilo... *(Cuenta, esperando que se levante para golpearlo.)* Uno... dos... tres... *(Apura.)* cuatro, cinco, seis, siete... ocho... nueve...

CHICHILO *(Poniéndose en guardia de un salto).* —Estaba descansando.

MIGUEL. —¿Ah, sí? ¡Aspera! *(Va en busca del látigo. Chichilo huye por izquierda sin que le alcancen los latigazos. Deteniéndose.)* ¡Madona santa, a lo que hemo llegado!...

DOÑA CARMEN *(En la puerta del foro, dejando caer la canasta vacía).* —Miquele...

MIGUEL. —¡Qué!... ¿No te ha fiado?... ¿No hay qué comer?

DOÑA CARMEN. —Miquele... ¿Ha echado a Carlito? ¿E cierto?

MIGUEL. —Sí. No puedo más yo solo.

DOÑA CARMEN *(Transfigurada).* —¡E mi hijo! ¡No tiene derecho! ¡Tenemo que alimentarlo!

MIGUEL. —¡Cármene!...

DOÑA CARMEN. —¡Osté tiene la obligación de mantenerlo; para eso lo ha hecho!

MIGUEL. —¡Cármene!...

DOÑA CARMEN. —¡Yo no quiero! ¡E mi hijo! ¡E mi hijo!

MIGUEL. —Sí. Tiene razón. Yo tengo la culpa. Tiene razón. *(Toma tembloroso su gabán y su sombrero.)*

DOÑA CARMEN. —¡E mi hijo!

MIGUEL. —¡Basta, ho diga más. Tiene razón. Se lo voy a traer. Se lo voy a traer... *(En el foro y como una decisión repentina.)* e voy a traer plata también! ¡Mucha plata!... ¡Mucha plata! *(Mutis.)*

DOÑA CARMEN *(como una explicación)*. —¡E mi hijo!... ¡E mi hijo!...

TELÓN

CUADRO SEGUNDO

Edificio en construcción. Junto a las tablas que lo aíslan de la vereda, un farol roto. A la derecha continúa la línea de casas. Poca luz. Las dos de la mañana. Hace un frío cruel. Segundos antes de levantarse el telón, Don Miguel ha detenido su coche a la derecha.

MIGUEL (*La galera sobre los ojos, la bufanda hasta la nariz*). —Hemos llegado. (*Narigueta y el Loro asoman dentro del coche.*) Hemo llegado. (*Sin volverse.*) ¿Se han dormido?

NARIGUETA. —St... (*Al loro.*) Abajáte.

LORO. —Pero... che...

NARIGUETA. —¿Qué?

LORO (*Señalando hacia la izquierda*). —Allí hay parada.

NARIGUETA. —No.

LORO. —¿Y eso?

NARIGUETA. —De recorrida, seguramente. Para en la otra cuadra. ¡Guarda!... ¡Metete! (*Se esconden.*)

MIGUEL (*Rígido*). —¿Qué hay?... ¿No es acá?

NARIGUETA. —St... Hablá despacio.

MIGUEL (*Susurra*). —¿No es acá?

LORO. —Sí.

MIGUEL. —Entonces, ¿qué pasa?

NARIGUETA. —Hay ropa tendida.

MIGUEL. —¿Ropa tendida?... ¿Adónde?... (*Se pone de pie; mira por encima en la capota.*) Pero... ¡a la esquina hay un agente!

LORO. —¡St!

NARIGUETA. —¡Agachate! (*Lo empujan.*)

MIGUEL (*De rodillas en el piso del pescante, la cabeza junto a la rueda*). —¡A la madonna...! (*Espían los tres.*) Diga... ¿No sería mejor venir mañana?

NARIGUETA. —¿Tenés miedo?

MIGUEL. —¿Quién? ¿Yo? ¡No faltaría más! ¿Con quién piensa que está hablando? ¡Yo soy un brigante! Yo soy... ¿Quiere ver que lo llamo? (*Por el agente.*)

NARIGUETA. —¡Vamo!

50

LORO. —¡Callate!

MIGUEL. —No se asusten. No se asusten. (*Aparte.*) ¡San Mateo martirizado, haga que venga este vigilante! (*Alto.*) ¡Ahí viene! (*Con las riendas.*) ¡Vamo, Mateo!

LORO. —¡Parate!

NARIGUETA. —¡Quedate ahí!

MIGUEL. —¡No, no; con la policía no juego! (*Azuza.*)

LORO. —¿No ves que se va?

MIGUEL. —¿Está seguro? A ver... (*Espían. Aparte.*) Tenemo miedo los tres; no lo podemo disimular. (*A ellos. Sonriente.*) Parecía que venía. ¡Qué error!... No vaya a creer que es miedo. Allá en Italia... cuando yo hacía el camorrista... Mire: una vez... Oiga este cuento. Siéntense.

LORO. —Salí de ahí.

MIGUEL. —E lindo.

NARIGUETA. —Estás borracho vo.

MIGUEL. —¿Quién? ¿Yo? ¡Amalaya! (*Aparte, mientras Narigueta y Loro van hacia la izquierda.*) No hay caso. Esta noche robamo. ¡L'ánima mía!

NARIGUETA (*Al Loro*). —Che, este gringo es un paquete.

LORO. —No hombre. Es pariente de Severino. Dice que es de ley. Él responde.

NARIGUETA. —¿Y por qué no vino él mismo?

LORO. —Anda con el Negro. (*Miran a don Miguel.*) No creas. Eso de Italia es cierto. Trabajó con Severino. Hasta creo que tiene una muerte.

NARIGUETA. —¿Ese?

LORO. —Sí.

NARIGUETA. —¿Con esa cara? Me da mala espina. Pero: manyalo.

MIGUEL (*Aparte*). —¿Me la querrano dar a mí?... (*Saca disimuladamente un talero de hierro del cajón del coche.*) Por si acaso... (*A ellos.*) ¿Qué hacen? Ya se ha ido el vigilante, ahora. ¿No se deciden? ¿Tienen miedo? ¡Qué vergüenza!

LORO (*A Narigueta*). —Vamo. Perdemos tiempo. Estás siempre lleno de grupo. Vamo. (*Mutis izquierda.*)

NARIGUETA *(A Miguel)*. —Vo... sentáte. No llamés la atención. *(Mutis.)*

MIGUEL *(De bruces sobre la capota)*. —¡Narigueta! ¡Narigueta!

NARIGUETA *(Reapareciendo)*. —¿Qué hay?

MIGUEL. —Yo... ¿me quedo solo acá?

NARIGUETA. —¿Qué querés?

MIGUEL. —Por eso. Pregunto. Diga, Narigueta. *(Con su mejor sonrisa.)* ¡No vaya a degollar a ninguno, ¿eh?!

NARIGUETA. —¿Sos sonso, vo?

MIGUEL. —Es un chiste.

NARIGUETA. — ¡Cuidao! ¡Si te movés de ahí te fajo donde te encuentre! *(Mutis.)*

MIGUEL *(Sin moverse)*. —¡Qué facha de asasino tiene! *(Pausa.)* ¡Qué oscuridá!... ¡Qué silencio!... ¡Qué frío!... Hay que entrare, amigo. *(Tiritando desciende del coche con grandes precauciones.)* ¿Cómo; no... tambaleo? Me he tomado una botella de anís e no he podido perder el sentido. ¡Qué lástima!... Se la ha tomado la paúra. No hay borrachera que aguante. *(Se sopla los dedos. Va a calentárselos en la lumbre del farol. El coche se mueve. Con todo su miedo no mira.)* ¿Quién anda?... *(Sin moverse de su sitio, armado del talero, mira entre las ruedas, después al caballo.)* Sssté... Mateo... ¿Qué hace? ¿Por qué me asusta? Mateo. Mirame, Mateo. Nenne... ¿No me quiere mirar? Soy yo. Yo mismo. ¿Qué hacemo? Robamo. Usté e yo somo do ladrone. Estamo esperando que el Narigueta y el Loro traigan cosa robada a la gente que duerme. ¿No lo quiere creer?... Yo tampoco. Parece mentira. ¿No estaremo soñando? *(Se pellizca, se hace cosquillas, tironea su bigote.)* No; estoy despierto. Entonce, ¿qué hago acá?... ¿Soy un ladrón?... ¿Soy un asaltante?... ¿E posible?... No. No e posíbile. No. ¡No! ¡¡No!! *(Va a huir. Se toma del pescante. Recapacita.)* ¿Y Severino? No puedo hacerle esta porquería. Me ha recomendado. Me he comprometido. He dado mi palabra de honor. Sería un chanchado. Hay que entrare. Hay que entrare. *(Tiritando se sienta en el estribo.)* Qué silencio. Parece que se hubiera muerto todo. ¿Quién será la vitima? Pobrecito. A lo mejor está al primer sueño, durmiendo como un otario... soñando que está a la cantina feliche e contento... mientra que el Loro le grafiña todo. Pobre. Que me perdone. *(Pitada, lejos.)* ¡Auxilio!... *(Corre al pescante. La nota corta de "ronda" lo sorprende con una pierna en alto. Desfallece.)* ¿No te lo podías tragar este pito? *(Apoyado en el farol enciende un toscano. Con el fósforo encendido aún tiene una alucinación.)* ¿Quién está dentro del coche?... ¡Severino!... Sever... *(Se restrega los ojos.)* Es el anís. Estoy borracho. *(Sonríe. Se quema.)* ¡L'ánima túa! *(Por los ladrones.)* ¡Cómo tardan!... Qué soledá. ¿Quién viene?... *(Se vuelve, alelado.)* ¡El vigilante! *(Se pone de pie, rígido.)* No. Creo que me está entrando el fierrito. Mateo... vamo, no te dormí; no me deje solo. Mirame. Del otro lado. ¿Está asustado usté? *(Suena la bocina de un auto. Se encoge como si le hiriesen.)* Ahí va. El progreso. ¡Mírelo cómo corre!... ¡Corre, escapa! Ha de venir otro invento que te comerá el corazón como me lo comiste a mí. *(Otra vez la bocina más lejos.)* Y me pifia, me pifia. ¡Matagente!... ¡Puah! *(Le escupe. Otra vez lo angustia la soledad. Su miedo crece.)* ¡Cómo tardan!... ¿Qué estarán haciendo?... *(Lo aterra un pensamiento.)* ¡¿Estarán degollando a alguno?!... ¡A la gran siete!... *(Salta al pescante; va a castigar a Mateo. Se detiene otra vez. Se acongoja.)* ¿Y mañana... cómo comemos? Hay que entrare. Hay que entrare *(Solloza.)* ¡Figli! ¡Figli!

NARIGUETA *(Con un gran bulto hecho con una carpeta de mesa).* —¡Vamo, che!

MIGUEL. —¿Ah?

NARIGUETA. —¡Listos!

MIGUEL *(De pie).* —¿Qué me trae? ¿Un muerto?

NARIGUETA. —¡Qué muerto! ¡Ayudá! *(Meten el lío en el coche.)*

MIGUEL. —¡Escapemo!

NARIGUETA. —Parate que venga el Loro.

MIGUEL. —¿Más todavía? ¡Esto es una mudanza!

LORO *(Con otro bulto).* —¡Tomá! ¡Vamo! ¡Creo que se ha despertao! *(Suena un auxilio.)* ¡No te digo!

MIGUEL. —¡Mamma mía! ¡Mateo! *(Castiga al caballo.)*

NARIGUETA *(En el coche).* —¡Vamo! ¡Pegale!

LORO. —¡Castigá! ¡Nos cachan!

MIGUEL. —¡Mateo! ¡No quiere tirare! ¡Se ha asustado del pito! *(Otras pitadas lejanas.)* ¡Empujen ustedes! ¡No está acostumbrado! ¡Mateo! *(Castiga furiosamente.)* ¡Empujen! ¡Empujen! ¡Mateo! ¡Nenne! *(Narigueta manotea. El Loro empuja.)*

TELÓN

Mateo

CUADRO TERCERO

La misma decoración del cuadro primero.

DOÑA CARMEN *(Intranquila. Comprobando en el reloj de la mesita).* —¡E so las once!... Fastedeoso.

CHICHILO *(En el foro).* —Mama: *(Indica hacia la calle.)* ¿adónde va Lucía?

DOÑA CARMEN. —La mando hasta el corralone a ver si ha llegado to padre.

CHICHILO. —¡Uh, cuánto aspamento! Se ha quedado en algún almacén.

DOÑA CARMEN. —Sé: almacén. So las once. Nunca ha venido tan tarde. Se le ha pasado algo al pobre viejo... Anoche estaba muy triste... muy triste.

CHICHILO. —No se preocupe. ¿No va con Mateo? Y bueno; Mateo lo trae. ¿No se acuerda de aquella mañana que se puso a relinchar en la puerta con el viejo hecho, colgado de un farol del coche?... ¿Y entonce? *(Salta, finteando.)* Quiero ver si Lucía va al corralón o... Es caprichosa usté, ¿eh? Le he dicho que no me la mande, pero... *(Está en el forillo.)* usté... *(Hacia la izquierda.)* Che, Pedrito: ¿vamo a hacer do rum de tre minuto? Pará que cache lo guante. *(Descuelga de sitio visible dos medias rellenas de trapos. Mostrándolas.)* El porvenir de la familia. Mama: atemé lo guante.

DOÑA CARMEN *(Accediendo).* —Te van a lastemare como ante de ayere, Chichilo.

CHICHILO. —¡Tiene que ver cómo resisto el castigo!

DOÑA CARMEN. —Yo me asusto.

CHICHILO. —No le haga ñudo. *(Prueba en el aire.)* Está bien. Estoy en la azotea. *(Mutis.)*

SEVERINO *(Asomándose por foro).* —St. St.

DOÑA CARMEN *(Volviéndose desde el cristalero).* —¿Quí chista?

SEVERINO. —Yo. No hable fuerte. Mequele... ¿está acá?

DOÑA CARMEN. —No.

SEVERINO. —¡El terremoto!

DOÑA CARMEN. —¿Por qué? ¿Qué ha pasado?

SEVERINO (*Con cara de loco*). —Nada. Tengo que verlo.

DOÑA CARMEN. —Osté está asustado.

SEVERINO. —¿Yo? ¿Quién te ha dicho?

DOÑA CARMEN. —¡Le ha pasado na disgracia a Miquele!

SEVERINO. —¿Qué le va a pasare? No hable fuerte, le digo. Tengo que verlo. Iba a subire al fúnebre e me dieron una noticia que me ha hecho abandonare l'entierro.

DOÑA CARMEN. —¿Qué noticia?

SEVERINO. — Que... So cosa de negocio. Yo me voy a escondere... me voy a sentare, digo, a la pieza de Carmelo Conte. L'ospero allí. Pasamo por acá. *(Izquierda.)*

DOÑA CARMEN. —No. Osté me oculta algo. Ha pasado una desgracia. Yo voy a preguntarle a la comisaría.

SEVERINO. —¡No!... Toda la mojere so lo mismo: "Yo voy a preguntar a la comisaría". Qué gana de hacer batefondo. Venga *(La lleva hacia la izquierda.)* ¡A la comisaría nunca!

DOÑA CARMEN *(Sin resistir).* —¡Ha pasado na desgracia!

SEVERINO. —Callate. Venga.

DOÑA CARMEN. —¡Ah!... ¡Lo ha pisado un automóvile!

SEVERINO. —No diga macana. Venga. No grite. *(Mutis. Una pausa. Aparece don Miguel, por foro. Casi sin respiro. Cierra la puerta. Se sienta en la cama de Lucía.)*

MIGUEL. —¡Vérgine Santa!... ¡Qué me tenía que pasare!... *(Oculta la cara.)*

DOÑA CARMEN *(De izquierda, como escapada, poniéndose un chal para salir).* —Yo voy... ¡Miquele! ¡Eh, Miquele!

MIGUEL. —St.

DOÑA CARMEN. —¿Qué tiene? ¿Qué te ha pasado?

MIGUEL. —He perdido el coche.

DOÑA CARMEN. —¿Qué dice?

MIGUEL. —He perdido a Mateo...

DOÑA CARMEN. —¡Ma!...

MIGUEL. —He perdido la galera, ¡He perdido la cabeza!

DOÑA CARMEN. —Ma ¿cómo... cómo?

MIGUEL. —Escapando a la policía. Gambeteando a lo cara-
binero.

DOÑA CARMEN. —¿¡Tú!?

MIGUEL. —Miquele Salerno. A lo sesenta año.

DOÑA CARMEN. —¿Qué ha hecho?

MIGUEL. —No gritá. Te voy a contar... Me he peleado... No
piense nada malo. Con un pasajero. Un compadrito, ¿sabe? *(Es
manifiesta la mentira inocente.)* "Llevame al balneario". "No.
Tengo el caballo cansado". —"¡Me vas a llevare, tano!" —"¡No!"
"¡Sí!" —"¡No!" Me ha querido pegar... le he pegado primero.

DOÑA CARMEN. —¡Dios mío!

MIGUEL. —No te asustá... Le he pegado despacito, despacito. Pero se ha puesto a gritá... había vigilante cerca... co-
rrieron... tocaron auxilio... Mateo se ha asustado del pito e no
quería tirare... ¡ah terado a la fuerza! Soy escapado... por el medio de la calle... "¡Atajen! ¡Atajen!" Yo meta palo col pobrecito.
Boyacá... Gaona... Segurola... Siempre al galope tendido. Sali-
mo de la piedra, entramo a la tierra. Mateo no daba más. "¡Atajen!... ¡Atajen!... ¡Ladrone!"

DOÑA CARMEN. —¿Ladrone?

MIGUEL. —No. Sí. Ladrone. La gente siempre que corre a an-
guno grita: "¡Ladrone! ¡Ladrone!". Es una costumbre muy fea
que tienen acá. Se me ha caído el látego... he pegado col fierro.
Doy vuelta una esquina oscura; había una zanja... ¡púfete! Mateo adentro, yo encima de Mateo y el coche encima mío. "Mateo, amigo, levantate que ne llevan preso!... Mateo, no me haga
esta porquería propio esta noche... ¡Levantate!" Me ha dicho
que no con la cabeza y la ha metido otra vez en el barro. "¡Por
aquí!... —gritábano! ¡Búscalo!... ¡Búscalo!..." Lo he abandonado
e me he puesto a correr, solo, al oscuro. Había otra zanja... ¡púfete! Lo vigilante pasaron todo por arriba mío, gritando, como
demonio. "¡Búscalo! ¡Búscalo!" E otra vez patita pa que te quiero... como loco, nel campo abierto... saltando pozo... rompien-
do alambrados... He parado cuando ha salido el sol: estaba a Vi-
lla Devoto. ¿Quién habla? *(Atisba por la ventana.)*

DOÑA CARMEN. —¿Por qué ha hecho eso? ¿Cómo ha llegado a esto? ¿No se acordaba de sus hijo?

MIGUEL. —¡Ah, Cármene... si tú supiese... si tú supiese! ¡Ah! ¡Padreterno injusto, me deja vivir tantos años en la miseria para hacerme hocicar propio a la última zanja!

DOÑACARMEN. —¿E ahora?

MIGUEL. —Ahora se acabó. *(Se abate.)*

DOÑA CARMEN. —¿E Severino qué sabe?

MIGUEL *(Asustado)*. —¿Severino? Nada. ¿Qué tiene que ver Severino aquí?

DOÑA CARMEN. —Ha venido a buscarte. Está en la pieza de Carmelo Conte.

MIGUEL *(Paladeando su venganza)*. —Llamalo. Avísale que he llegado. Hágalo venir e déjame solo con él. Quiero hablarle, ¿comprende? Puede ser que me salva. Llamalo.

DOÑA CARMEN. —Sí.

MIGUEL. —Que entre por aquí *(Izquierda.)* e cierra aquella puerta. *(La que supone en el foro de la otra habitación.)*

DOÑA CARMEN. —Sí. ¡Iddio ci aiuti! *(Mutis.)*

MIGUEL *(Buscando un arma contundente)*. —¡Mefistófele! ¡Te voy a cortar la cola! *(Se decide por un zueco que halla debajo de su cama, se sube a ella y espera, el arma junto al dintel de izquierda. Aparece Chichilo, finteando. El viejo apenas puede detener el zuecazo. Para disimular golpea en la pared.)*

CHICHILO. —Tata... ¿qué hace?

MIGUEL *(Con intención)*. —Voy a matar una araña.

CHICHILO. —¿Adónde?

MIGUEL. —Váyase. Yo sé dónde está. Déjeme solo.

CHICHILO. —Viejo... *(Le silba como preguntándole si está chiflado.)*

MIGUEL *(Imitándolo)*. —Chichilo... *(Lo amenaza furibundo.)*

CHICHILO. —¡Araca, que soy su hijo! ... *(De un salto hace mutis. Vuelve cuando el viejo espera otra vez a Severino.)* Papá, ¿la vio a Lucía? *(Don Miguel le arroja el zueco.)* ¡Está colo! *(Cierra. Don Miguel enarbola el otro zueco.)*

SEVERINO *(Asomándose con todo su miedo)*. —Mequele...

¿Adónde está?... Meque... *(Esquiva el golpe hacia la derecha. Cuando hace frente ya esgrime una cachiporra corta que ha deslizado de su manga.)* ¡De atrase no!

MIGUEL *(Agazapado en primer término)*. —¡Ah, veníase preparado; tenías miedo! ¿eh? Se te ha quemado la cola de paja. ¡Asaltante!

SEVERINO. —¿Qué ha hecho anoche?

MIGUEL. —Darte un gusto.

SEVERINO. —Ne vendiste a todo, puntilloso inservible. Por culpa tuya han agarrado preso al Loro, y el Loro va a hablare.

MIGUEL. —Mejor. Déjalo que hable: para eso es loro.

SEVERINO. —¿Dónde está el coche? ¿Lo ha escondido?

MIGUEL. —Está a una zanja...

SEVERINO. —¡A la madonna!

MIGUEL. —...encima de Mateo.

SEVERINO. — ¿Ha dejado el coche en mano de la policía? ¡Esa e la cárcere!

MIGUEL *(Avanzando)*. —No importa. *(Habla por entre los dientes apretados.)* Te has vengado, te cobraste aquel vaso de vino velenoso; debes estar satisfecho.

SEVERINO *(Sin oírle)*. —¡L'ánima mía!... ¡El número del coche!... ¡Estamo todo perdido! *(Intenta huir por el foro.)*

MIGUEL *(En la puerta. Tiembla y sonríe)*. —¡Eh!... ¿Adónde va?

SEVERINO. —¡Déjame salire!

MIGUEL. —No. Te pedí ayuda y me la negaste; estaba desesperado y me mandaste a Yesu-Cristo. "Hay que entrare. Hay que entrare". ¡Ahora estamo adentro... adentro de la penintenciaría, peró!

SEVERINO *(Resolviéndose)*. —¡No; cárcere no! Yo no quiero la cárcere ahora que puedo vivire tranquilo. ¡Se tú háblase ti achido... te do un cachiporrazo a la bocha!

MIGUEL. —¡A ver! *(Se le acerca.)* ¡Aquí tiene la bocha! Pega, Anímase. Yo voy a contar todo, yo voy a hablare, como la cotorra. Pega.

SEVERINO. —Mequele... Dejáme... No me tienta...

MIGUEL *(Con sincero deseo)*. —¡Pega! Dame ese cachiporra-

zo; ¡me lo merezco! Si es lo que estoy buscando: dejar esta vida repuñante. Aquí la tiene la bocha. Pega. ¡Farsante! ¡Galerudo!

SEVERINO *(Retrocediendo).* —Déjame salire. Abra la puerta.

MIGUEL. —No tiene coraje, cobardone. Yo te voy a matare... col zueco... con las uñas... con lo diente... *(Lo corre.)* Mochuelo. Mochuelo.

SEVERINO *(Con la voz tomada de espanto).* —¡Aiuto! ¡Aiuto! (*Se hacen un lío con la cortina. Don Miguel golpea sin ver; se desembaraza del trapo y toma de atrás al otro, le arrebata el arma, lo doblega y va a herirlo con ella.)* ¡Aia!... ¡Aia!

MIGUEL. — ¡Callate! ¡Callate!

DOÑA CARMEN *(De izquierda).* —¡Miquele!... ¡No!

MIGUEL *(Desesperado).* —¿Qué iba a hacer?... ¡Casi le remacho la chimenea!... *(A Severino.)* ¡Pídale perdón! *(Obligándolo.)* ¡Pídale perdón! *(Le quita la galera de una manotada.)* ¡Descúbrase!

SEVERINO *(En foro).* —Dame la galera.

MIGUEL. —¡A la cárcel te la doy!

SEVERINO. —¡No! ¡Cárcere no! *(Huye.)*

DOÑA CARMEN. —¡Mamma mía benedetta!

MIGUEL *(Que ha cerrado).* —Cármene... *(Espía por la ventana.)* ¿Quién es eso que está para allí? *(Doña Carmen acude.)* Ese bigotudo.

DOÑA CARMEN. —No sé.

MIGUEL. —¿No lo conoce?

DOÑA CARMEN. —No.

MIGUEL. —¡Es un pesquisa! ¡Cierra bien! ¡Es un pesquisa!

DOÑA CARMEN. —¡Santa Lucía Laceratta!

MIGUEL. —¡lo so perduto!... Cármene... perdono... Marito tuo e nu vigliaco!

DOÑA CARMEN. —¿Qué fachiste?, ¿qué fachiste?

MIGUEL. —U patre di figli tui é nu vile. Perdono. Ha finita la pache nostra. ¡lo so perduto! ¡lo so perduto! *(La vieja llora de bruces sobre la cama de Lucía. La idea de salvación sobreviene otra vez: corre a la ventana, corrobora la presencia del pesquisa, descuelga el acordeón y ejecuta, tembloroso, un tiempo de tarantela.)*

DOÑA CARMEN. —¿Qué hace? *(Golpean en la puerta de foro.)*
MIGUEL. —¡No abra! ¡Despista! Despista. Baila.
DOÑA CARMEN. —Mequele...
MIGUEL. —¡Baila! Baila que voy en cana. Baila. *(Ella baila, las manos en las caderas, rígida.)*
DOÑA CARMEN. —Mequele... mira lo que me hace hacere...
MIGUEL. —Perdono, Cármene. Despista. Baila, perdono.
DOÑA CARMEN. —Mirá lo que me hace hacere... *(Se le ven las lágrimas. La puerta de foro se abre lentamente. Doña Carmen deja de bailar. El hijo no ve su ridículo.)*
CARLOS *(Abre bien la puerta para mostrar su flamante traje de chauffeur).* —Bien, viejo. Al fin están contentos en esta casa.
DOÑA CARMEN. —Hijo...
MIGUEL *(El acordeón pierde aire sonoramente entre sus manos. Estupefacto).* —¿Usté... chófer?...
CARLOS. —Chófer. Me he decidido a trabajar, viejo; a ayudarlo de una vez. Hace tiempo que practico en el volante —ante de que me echara y después me fuese a llamar—, pero lo oculté para darle de golpe esta alegría.
MIGUEL *(Desfalleciente).* —¡Ay!... ¡Ay!...
CARLOS. —¡Viejo!
DOÑA CARMEN. —¿Qué tiene?
MIGUEL. —Me muero de alegría.
CARLOS. —¿Cómo, no está contento?
MIGUEL. —¡Sí! ¡Muy contento! ¡Mira qué contento que estoy! *(Se abofetea.)* ¡Mira!
CARLOS. —¡Tata!
DOÑA CARMEN. —¡Mequele!
MIGUEL. —Yesú, ¿yo merezco esto?... ¡Qué alegría que tengo! ¡Hágame venir un accidente! No te asustá, Cármene. Es la alegría que tengo de verlo. ¿Qué más podía ser? Chófer; le cae de medida. Mira qué bien que le queda el traje... y la gorra... ¡Un acchidente seco, redondo!
CARLOS. —¡Papá, yo traigo plata! Ayer no había morfi en casa. Tome, mama; veinte pesos. Mi primera noche.
DOÑA CARMEN. —Gracia, hijo; al fin. Era tiempo.

MIGUEL *(Mirándolos largamente)*. —¡Era tiempo... y qué tarde que es!

CARLOS. —Sí, yo comprendo; a usté le hubiera gustao más otro oficio, pero...

MIGUEL. —Pero... hay que entrare. He comprendido. No me haga caso, hijo. Estoy contento de que usté pueda ya mantener a la familia. Yo no podía más. Estoy cansado. Como Mateo... ya no sirvo, soy una bolsa de leña... y siempre que pego... pego con la cabeza. Ahora l'automóvil me salva. ¡Quién iba a pensarlo!... ¿Salva? Sí. Me voy. *(Corre en busca de sus prendas.)*

CARLOS. —Pero, ¿qué tiene? No entiendo. ¿Qué ha hecho?

DOÑA CARMEN. —Yo no sé. Se ha peleado anoche...

CARLOS. —¿Usté?

MIGUEL. —Yo no: su papá.

CARLOS. —¿Y con quién?

MIGUEL. —Con Mateo. Me voy. Tengo que irme *(Recuerda que ha perdido el sombrero.)*

DOÑA CARMEN. —¿A dónde?

CHICHILO *(Adentro)*. —¡Mama! ¡Papá!...

MIGUEL *(Aparte)*. —¡La policía! *(Se envuelve en la cortina.)*

CHICHILO *(Apareciendo)*. —¡Se la han piantao! ¡Se la han piantao a Lucía!

MIGUEL *(Salta)*. —¿Qué?

CHICHILO. —En un auto verde. Lo corrí como diez cuadra, pero disparó. ¡No pude! Perdí lo guante... ¡Cretina! ¡Loca! *(Llora.)*

CARLOS. —¿Qué decí? ¿Está loco, vo? Si Lucía está ahí. *(Patio.)* La llevé a dar una vuelta pa que conociera el coche.

CHICHILO. —¿Era el auto tuyo?

CARLOS. —Claro, gilastro. Lo dejé en la esquina por los chicos del conventillo.

CHICHILO. —¡Ay Dió! ¿Llevame a mí?

MIGUEL *(A Chichilo)*. —¿E usté tenía miedo que se escapara? ¿Por qué?

CHICHILO *(A quien Carlos ha llamado la atención para que mienta)*. —No... No, viejo. ¿No ve que son macana?

CARLOS *(A Chichilo)*. —¡Tené cada chiste, vo! *(Están en la puerta de izquierda. Golpean en la del foro. Silencio. Los viejos se entienden con una mirada.)*

MIGUEL *(A Carlos que acude).* —No abra. Yo sé quién es.

DOÑA CARMEN *(Al viejo solo).* —Miquele... tú no te has peleado anoche... tú... con Severino.

MIGUEL. —St... *(Por los hijos.)* Que lo sepan cuando yo no esté.

DOÑA CARMEN. —¡Miquele, perdoname, perdoname!...

MIGUEL.—No llore. Piense a los hijos. Tenía razón, Cármene: cuando se echan al mundo hay que alimentarlos... de cualquier manera. Yo he cumplido. No llore. *(Los hijos los miran sin entender. El viejo despista: se pone la galera de Severino, abollada y maltrecha. Da lástima y risa.)* ¿Cómo me queda? ¿Me queda bien?... *(Retrocede hasta el foro preparando la huida. Se repiten los golpes.)* ¡Addío! *(De un respingo abre la puerta. La policía echa mano de él. La vieja cae.)*

CARLOS y CHICHILO. —¡Mamá!... ¿Qué pasa?... *(Saliendo por foro.)* ¡Papá!... ¡Papá!... *(Los policías se llevan al viejo a tirones.)*

TELÓN

Anton Chejov

La tristeza

Traducción del francés de Teresita Valdettaro.

¿Y quién consolará mi tristeza?
Libro de los Salmos

La capital está envuelta en las sombras de la tarde. La nieve cae lentamente en gruesos copos, gira alrededor de los faroles encendidos, se extiende en una capa fina y blanda, sobre los tejados, sobre los hombros de la gente, sobre los sombreros.

Yona, el cochero, está todo blanco, como un aparecido. Sentado en el pescante de su trineo, con su cuerpo encorvado tanto como puede estarlo un cuerpo humano, permanece inmóvil.

Su caballo también está quieto y totalmente blanco. Por su inmovilidad, por las líneas rígidas de su cuerpo, por la tiesura de palo de sus patas, parece, aunque se lo mire de cerca, un caballo de azúcar de los que se les compran a los niños por una moneda. Se halla sumido en sus reflexiones; un hombre o un caballo, arrancados del trabajo de campo y lanzados al infierno de una gran ciudad, como Yona y su caballo, están siempre sumidos en tristes pensamientos. Es demasiado grande la diferencia entre la tranquila vida rústica y la vida agitada de las ciudades relumbrantes de luces, llena de ruido y angustia.

Hace mucho tiempo que Yona y su caballo permanecen inmóviles. Han salido a la calle antes de almorzar; pero Yona no ha ganado nada.

Las sombras se van volviendo más densas. La luz de los faroles se va haciendo más intensa, más brillante. El ruido aumenta.

—¡Cochero! —oye de pronto Yona—. ¡Llevame a Viborgskaya!

Yona se estremece. A través de las pestañas cubiertas de nieve ve a un militar con impermeable.

—¿Oíste? ¡A Viborgskaya! ¿Estás dormido?

Yona le da un latigazo al caballo, que se sacude la nieve del lomo. El militar se sienta en el coche. El cochero arrea al caballo, estira el cuello como un cisne y agita el látigo. El caballo a su vez estira el cuello, levanta las patas, y, lentamente, se pone en marcha.

—¡Con cuidado! —grita otro cochero invisible, enojado—. ¡Nos vas a atropellar, idiota! ¡A la derecha!

—¡Qué cochero! —dice el militar—. ¡A la derecha!

Se siguen oyendo los insultos del cochero invisible. Un transeúnte que tropieza con el caballo de Yona gruñe amenazadoramente. Yona, confundido, avergonzado, descarga algunos latigazos sobre el lomo del caballo. Parece aturdido, atontado y mira alrededor como si acabara de despertarse de un profundo sueño.

—¡Pareciera que todo el mundo se ha puesto en tu contra! —dice en tono irónico el militar—. Todos intentan molestarte, meterse entre las patas de tu caballo. ¡Una verdadera conspiración!

Yona da vuelta la cabeza y abre la boca. Se nota que quiere decir algo; pero sus labios están como paralizados, y no puede articular palabra.

El cliente se da cuenta de sus esfuerzos y pregunta:

—¿Qué pasa?

Yona hace un nuevo esfuerzo y contesta con voz ahogada:

—Vea usted, señor... He perdido a mi hijo... Murió la semana pasada...

—¿De veras?... ¿Y de qué murió?

—No lo sé... De una de tantas enfermedades... Ha estado tres meses en el hospital y al final... Dios lo ha querido.

—¡A la derecha! —se oye de nuevo gritar furiosamente—. ¡Estás como ciego, imbécil!

—¡Vamos! —dice el militar—. Un poco más rápido. A este paso no vamos a llegar nunca. ¡Dale algún latigazo al caballo!

Yona estira de nuevo el cuello como un cisne, se levanta un poco, y de un modo torpe, pesado, sacude el látigo.

Se da vuelta varias veces hacia su cliente, con ganas de seguir la conversación; pero el otro tiene los ojos cerrados y no parece dispuesto a escucharlo.

Por fin, llegan a Viborgskaya. El cochero se detiene en la dirección indicada; el cliente desciende. Yona vuelve a quedarse solo con su caballo. Se estaciona ante una taberna y espera, sentado en el pescante, encorvado, inmóvil. La nieve vuelve a cubrir su cuerpo y envuelve como una tela de seda al caballo y al coche.

Pasa una hora, pasan dos... ¡Nadie! ¡Ningún cliente!

Pero, Yona vuelve a estremecerse: ante él se detienen tres muchachos. Dos de ellos son altos, flacos; el tercero es petiso y jorobado.

—¡Cochero, llevanos a la estación de policía! ¡Te pagamos veinte copecas[1] por los tres!

Yona se endereza y toma las riendas. Veinte copecas es muy poco, pero acepta de todas maneras: lo que le importa es tener clientes.

Los tres jóvenes, tropezando y diciendo palabrotas, se acercan al coche. Como en el mismo hay sólo dos asientos, discuten un buen rato sobre quién va a ir parado. Por fin se decide que vaya de pie el jorobado.

—¡Bueno, en marcha! —le grita el jorobado a Yona, poniéndose a sus espaldas—. ¡Qué gorro tenés! Apuesto lo que quieras a que en toda la ciudad no se puede encontrar un gorro más feo...

—¡Está usted de buen humor, señor! —dice Yona con risa forzada—. Mi gorro...

—¡Bueno, vamos! Apurá un poco a tu caballo. A este paso no vamos a llegar nunca. Si no vas más rápido, te daré unos cuantos sopapos.

---

[1] El *cópec* o *copeca* es una unidad monetaria rusa de bajo valor respecto del rublo, moneda oficial rusa; una relación semejante a la de nuestros centavos con el peso. (N. de la T.)

—Me duele un poco la cabeza —dice uno de los jóvenes—. Ayer Vaska y yo en la casa de Dukmasov nos tomamos cuatro botellas de caña[2].

—¡Eso no es cierto! —responde el otro—. Sos un mentiroso y sabés que nadie te cree.

—¡Palabra de honor!

—¡Ah, tu honor! Por tu honor no doy ni un centavo.

Yona, con ganas de conversar, vuelve la cabeza y emite una risa aguda, mostrando los dientes.

—¡Je, je, je!... ¡Qué buen humor!

—¡Dale, vejestorio! —le grita el jorobado—. ¿Vas a ir más rápido, sí o no? Pegale fuerte al vago de tu caballo. ¡Mi Dios!

Yona agita su látigo, agita las manos, agita todo el cuerpo. A pesar de todo, está contento: no está solo. Lo retan y lo insultan, pero, por lo menos, escucha voces humanas. Los muchachotes gritan, protestan, hablan de mujeres. En un momento que se le ocurre oportuno, Yona se dirige de nuevo hacia los clientes y dice:

—Y yo, señores, acabo de perder a mi hijo. Se murió la semana pasada...

—¡Todos nos vamos a morir! —contesta el jorobado—. ¿Pero podés ir más rápido? ¡Esta lentitud es insoportable! Prefiero ir caminando.

—Si querés que vaya más rápido, dale un golpe —le aconseja uno de sus amigos.

—¿Oíste, viejo paralítico? —grita el jorobado—. Vas a cobrar si esto sigue así.

Y, después de decir esto, le da un puñetazo en la espalda.

—¡Je, je, je! —se ríe Yona sin ganas—. ¡Dios les conserve el buen humor, señores!

—Cochero, ¿estás casado? —le pregunta uno de sus clientes.

---

[2] La *caña* es una bebida de alta gradación alcohólica. (N. de la T.)

—¿Yo? ¡Je, je, je! ¡Qué señores más alegres! No, no tengo a nadie... Sólo la tumba me espera... Mi hijo ha muerto; pero a mí la muerte no me quiere. Se equivocó y en lugar de llevarme a mí se llevó a mi hijo.

Y da vuelta otra vez la cabeza para contar cómo ha muerto su hijo; pero en ese momento el jorobado, con un suspiro de satisfacción, exclama:

—¡Llegamos! ¡Por fin!

Yona recibe las veinte monedas convenidas y los clientes se bajan. Los sigue con la mirada hasta que desaparecen por una puerta.

Vuelve a quedarse solo con su caballo. La tristeza vuelve a invadir, más dura, más cruel, su cansado corazón. Observa a la multitud que va por la calle, como buscando entre los miles de transeúntes a alguien que quiera escucharlo. Pero la gente parece estar apurada y pasa sin mirarlo.

Su tristeza es cada vez más intensa. Es enorme, infinita, si pudiera salir de su pecho, inundaría el mundo entero.

Yona ve a un portero que sale a la puerta con un paquete y trata de charlar con él.

—¿Qué hora es? —le pregunta, con voz amable.

—Van a ser las diez —contesta el otro—. Aléjese un poco; no puede permanecer usted delante de la puerta.

Yona avanza un poco, se encorva de nuevo y se hunde en sus tristes pensamientos. Se ha dado cuenta de que es inútil dirigirse a la gente.

Pasa otra hora más. Como se siente muy mal, decide volverse. Se endereza, agita el látigo.

—No puedo más —murmura—. Me voy a dormir.

El caballo, como si hubiera comprendido las palabras de su viejo amo, empieza a trotar apurado.

Una hora más tarde, Yona está en su casa, es decir, en una habitación sucia y grande donde, acostados en el suelo o en bancos, duermen docenas de cocheros. La atmósfera es pesada, irrespirable. Se oyen ronquidos.

Yona se arrepiente de haber regresado tan pronto. Además, no hizo casi nada de plata. A lo mejor por eso, piensa, es que se siente tan desgraciado.

En un rincón, un cochero joven se incorpora. Se rasca el pecho y la cabeza, y busca algo con la mirada.

—¿Querés agua? —le pregunta Yona.

—Sí.

—Acá tenés... He perdido a mi hijo... ¿Sabías?... La semana pasada, en el hospital... ¡Qué desgracia!

Pero sus palabras no han surtido ningún efecto. El cochero no le hizo caso, se volvió a acostar, se tapó la cabeza con la colcha y enseguida se lo escuchó roncar.

Yona suspira. Siente una imperiosa e irresistible necesidad de hablar de su desgracia. Ya ha pasado casi una semana desde la muerte de su hijo; pero no tuvo ocasión todavía de hablar de la tristeza, de corazón, con nadie. Quisiera narrarla largamente, con todos sus detalles. Necesita contar cómo se enfermó su hijo, lo que sufrió, las palabras que pronunció al morir. Quisiera también describir el entierro... Su difunto hijo ha dejado en la aldea a una niña, de quien también desearía hablar. ¡Tiene tantas cosas para contar! ¡Cuánto daría por encontrar a alguien que lo escuchara, sacudiendo compasivo la cabeza, suspirando, compadeciéndolo! Lo mejor sería contárselo todo a cualquier mujer de su aldea; a las mujeres, aun a las más tontas, les gusta eso y alcanza con decirles dos palabras para que lloren a raudales.

Yona decide ir a ver a su caballo.

Se viste y sale hacia la cuadra.

El caballo, inmóvil, come heno.

—¿Comés? —le dice Yona, dándole palmaditas en el lomo—. ¿Qué se le va a hacer, muchacho? Como no hemos ganado lo suficiente como para comprar avena, hay que conformarse con heno... Soy ya demasiado viejo como para ganar mucho... A decir verdad, yo ya no tendría que trabajar; mi hijo me tendría que haber reemplazado. Era un verdadero cochero, un cochero soberbio; conocía el oficio como pocos. Por desgracia, ha muerto...

Después de una breve pausa, Yona continúa.

—Sí, amigo..., ha muerto... ¿Entendés? Es como si vos tuvieras un hijo y se te muriera... Claro que sufrirías, ¿no?...

El caballo sigue comiendo heno, escucha y exhala un aliento húmedo y cálido sobre las manos de su viejo amo.

Yona, escuchado por fin por un ser sensible, desahoga su corazón y se lo cuenta todo.

Manos a la obra

Dos cocheros que se cruzan

Cuando nos referimos al *grotesco*, señalamos como rasgo distintivo que los protagonistas de la obra se encerraban cada vez más en su dolor, aislándose del mundo. Hasta tal punto, que David Viñas llama a este proceso dramático que atraviesa el personaje, "interiorización": *Del coloquio resuelto cara a cara se va pasando al encogimiento del personaje que da la espalda; lo intersubjetivo se hace soliloquio y así como las discusiones se apaciguan en confesiones, ciertos monólogos de Mateo o Stefano se adelgazan hasta la tenue confidencia de quien parece leer en voz alta su diario íntimo. "Retraídos", "separados", "dando vueltas sobre lo mismo como una mosca", los personajes de Armando Discépolo definen el grotesco como enfermedad del sainete: su peculiar "interiorización" dramatiza la única posibilidad de sobrevivir situaciones invivibles.*[1]

* Señalen los pasajes de los textos en los que Miguel y Yona, a falta de un interlocutor, hablan solos o con sus caballos, y comenten cuáles son los sentimientos que los unen.

* Uno de los pasajeros del cochero Yona, el militar, le dice: *¡Pareciera que todo el mundo se ha puesto en tu contra! [...] Todos intentan molestarte, meterse entre las patas de tu caballo. ¡Una verdadera conspiración!* Reflexionen: trasladado a Miguel, y dándole a la expresión *meterse entre las patas de tu caballo* un sentido metafórico, figurado, ¿quiénes estarían en ese mundo que lo atropella y le pasa por arriba? Comenten entre todos.

* Asocien la frase *meterse entre las patas del caballo* con otras similares, como *poner palos a la rueda* o *poner piedras en el*

74   [1] Viñas, D., *op. cit.*, p. 13.

camino. Elijan una de estas dos y cuenten una historia que la incluya.

* También, en las últimas páginas, encontrarán una fotografía de un "mateo" actual. Realicen una entrevista a un cochero, en la que se lo interrogue sobre: cómo llegó a ese oficio, si sabe de dónde viene el nombre de su coche, por qué le gusta a la gente pasear en ellos, etc. Usen grabador y luego transcriban el diálogo. Si no tienen oportunidad de entrevistar a un cochero, imaginen el diálogo y luego escríbanlo.

Miguel Salerno, el cochero, siente nostalgia de los tiempos en los que no había automóviles. El narrador del cuento, también, se pregunta qué hacen Yona y su caballo en una ciudad grande y agitada.

* Organicen el contexto de ambos personajes (lugar y tiempo de sus vidas) y analicen, a través de las oposiciones que siguen, por cuál de ellas pasa su conflicto personal. Para esto sería importante contar con el apoyo del área de historia, de modo de encontrar material para reconstruir, a grandes rasgos, la Rusia de fines de siglo, gobernada por los zares, y Buenos Aires durante la década de 1920.

* Reúnanse de a tres y escriban un texto en el que se fundamente la elección del eje explicativo:

Vida pueblerina	/	Vida ciudadana
Vejez	/	Juventud
Clase social pobre	/	Clase social acomodada
Atraso, estancamiento	/	Progreso
Actitud pesimista ante la vida	/	Actitud optimista

Manos a la obra

Dos textos que se encuentran

"La tristeza" puede ser considerado el hipotexto (texto a partir del cual se crea otro) de *Mateo*, en este caso el hipertexto.

* Expliquen cuáles son los rasgos que marcan este parentesco.

El **epígrafe** es un paratexto que se relaciona con la obra de un modo especial: se trata de un texto breve colocado al comienzo de un poema, un cuento, una novela o de uno de sus capítulos. Contiene una reflexión, un pensamiento y ayuda a leer y comprender lo que sigue. Está, generalmente, extraído de otro texto literario, el que a partir de ese momento se convierte en su *intertexto*.

* Elijan una o dos oraciones cortas de "La tristeza" que pudieran aparecer al inicio de *Mateo* y viceversa, y prueben cómo funcionan a modo de epígrafe. Veamos dos ejemplos:

> *Su tristeza es cada vez más intensa. Es enorme, infinita, si pudiera salir de su pecho inundaría el mundo entero.* ("La tristeza")
> *Qué silencio. Parece que se hubiera muerto todo.* (Mateo)

El "progreso"

Si bien Miguel se resiste a la llegada del automóvil, al que ataca porque lo ve como un demonio que le quita su trabajo, su actitud parece comprensible, ya que hay varios testimonios de que el "progreso" —y sus implicancias— era resistido por muchos.[2]

* Lean un fragmento de una de las "Aguafuertes porteñas", de Roberto Arlt (que aparece en el **Cuarto de herramientas**) re-

[2] En varios textos de Roberto Arlt se aprecia esta idea.

lacionada con el progreso. El texto es periodístico, ya que como sabemos, Arlt era periodista y desarrollaba esa profesión en diarios de la época, entre ellos *El Mundo*, en el que se publicaron muchas de sus "aguafuertes".

* Comparen la resistencia de Miguel con lo expresado por Arlt.

* Imaginen y escriban un diálogo sobre el tema, entre el periodista y Miguel Salerno.

Las mujeres

En el cuento "La tristeza", el narrador expresa, ante la impotencia de Yona por no poder compartir su dolor: *¡Tiene tantas cosas para contar! ¡Cuánto daría por encontrar a alguien [...].* Y agrega: *Lo mejor sería contárselo todo a cualquier mujer de su aldea; a las mujeres, aun a las más tontas, les gusta eso, y alcanza con decirles dos palabras para que lloren a raudales.*

Está claro que en la época en que fue escrito, la idea predominante sobre la mujer respondía, todavía, a un estereotipo:[3] la mujer es muy sensible (débil) y llora con facilidad, por lo tanto se opone al hombre que es recio, fuerte y no llora nunca.

Como sabemos, *Mateo* fue escrita aproximadamente unos treinta años después del cuento. En la obra teatral hay dos mujeres: Carmen, la madre, ama de casa y defensora de sus hijos y Lucía, la hija, a quien —aunque ahora nos parezca increíble— sus padres no dejan emplearse en una fábrica.

* Describan a los personajes femeninos y comenten si responden a un modelo de mujer parecido al actual o a otro ya fuera de vigencia.

[3] Se denomina así a las fórmulas o expresiones que se repiten sin variación.

* Realicen un retrato de Lucía como lo harían sus dos hermanos, Carlos y Chichilo.

La poesía

En el **Cuarto de herramientas** encontrarán el poema "El último mateo del domingo", de Raúl González Tuñón (1905-1974),
un poeta argentino que incorpora en sus versos imágenes de
Buenos Aires y de sus personajes populares.

* Reparen en el tono melancólico del poema, en el sentimiento de compasión por el "mateo", como si se tratara de un
huérfano que sufre el abandono y el olvido de los otros, tal
como lo experimentaron los cocheros de nuestros textos.
Eso es lo que resume cuando, curiosamente, juzga: *Nunca
debió evadirse del cuento de Chejov.*

* Comenten entre todos el sentido de este verso.

* Observen en el **Cuarto de herramientas**, el cuadro de Van
Gogh al que se refiere el poema: escriban un breve texto que
retome la idea de lo viejo, olvidado o arrumbado en un rincón
de nuestra memoria y que podría llevar, como epígrafe, esos
dos versos de González Tuñón: *De pronto me recuerda/ esos
zapatos que pintó Van Gogh.*

Sobre el cuento

Parece que es ya una famosa anécdota sobre Chejov la que
cuentan su hermano Mijail y el escritor Korolenko[4] sobre un ce-

4 Citada por Troncone, C. Revista *Teatro,* T.G.S.M., Nov.1996, tercera época, Nº4,
año 2, p.41.

nicero. Dicen que estando con ellos, el escritor les preguntó: *¿Saben cómo escribo yo mis cuentos? Así.* Echó una mirada sobre la mesa —recuerdan los testigos— y tomó el primer objeto que encontró, un cenicero, y poniéndolo delante de ellos les dijo: *Si ustedes quieren, mañana tendrán un cuento. Se llamará "El cenicero".*

Esta facilidad para encontrar material literario, junto a la sencillez de sus historias, y el encuentro de personajes pasivos y resignados frente a sus destinos, parecen ser las notas que más se resaltan de la obra chejoviana.

* En el **Cuarto de herramientas** existe un cuadro de un pintor impresionista, Degas (a quien se comparó en **Puertas de acceso** con Chejov) que muestra a una mujer frente a un vaso de ajenjo, una bebida típica de esos años. Comenten entre todos cómo contaría Chejov esa escena y en qué rasgos de su personaje pondría más atención.

* Escriban un texto que relate la permanencia de esa mujer en el bar, acentuando la amargura y la mansedumbre que transmite su rostro.

En el gráfico que representa las categorías narrativas según el teórico van Dijk (p.19), la **evaluación** se desprende de la historia y la **moraleja**, de la narración. En cuanto comienza a desarrollarse la **trama** de esa **historia**, con los sucesos que se encadenan, aparece la **complicación** (de otro modo, no habría cuento) y luego, su posterior **resolución**.

* Señalen cuáles son los pasajes del cuento en los que el narrador "evalúa", es decir, hace comentarios sobre el personaje.

* Extraigan la **moraleja** y luego escriban un texto reflexivo que responda a lo que ella expresa.

* Busquen uno de los sucesos que contenga el grado más alto de complicación —aunque sabemos que los relatos de Chejov suelen mantenerse en una línea sin mayores altibajos; el que se refiere a los tres jóvenes pasajeros despierta más inquietud por su futura resolución—.

* Cambien el final de ese suceso, modificando, también la reacción del cochero Yona.

Según la narratología, el narrador cuenta desde un punto de vista denominado **focalización** (término que proviene de la fotografía y del cine), el cual abre muchas posibilidades para tratar la historia. Pues, según dónde se ubique, variará el grado de compromiso del narrador con lo narrado.

Según ese criterio, definan:

* ¿Cómo cuenta el narrador de "La tristeza": 1) desde una posición totalmente externa, ajena a la trama (focalizador externo); 2) haciendo coincidir personaje con narrador (focalizador personaje); 3) comprometido con el personaje y la historia (focalizador interno)?

* ¿Qué diferencias advierte el lector en la historia, según la perspectiva desde la que se coloque el narrador? Piensen en los relatos en general y luego en este cuento en particular.

* ¿Cuál es el clima que logra el narrador de Chejov por la óptica elegida?

El **marco** es la categoría que nos conecta con el lugar, el ambiente, las circunstancias en que se desarrolla un acontecimiento.

* Con los datos que aparecen en "La tristeza", describan la ciudad por la que transita el viejo cochero.

Hagamos teatro

* Separen al personaje Severino de su rol, de los otros personajes y del ambiente de *Mateo*. Escriban un monólogo en el que sus actos se definan aún más demoníacos que en la obra leída. Caractericenlo para, luego, dramatizarlo.

* Ubíquense en el segundo cuadro de *Mateo* y modifiquen la suerte de Miguel, quitándole el dramatismo de la caída y el bochorno de su huida.

* Escriban una escena en la que Lucía trate de persuadir a sus padres de la conveniencia de trabajar en una fábrica, aunque ellos muestren prejuicios muy difíciles de vencer. No pierdan de vista que se trata de una chica joven, pero de los años 20.

* Poniendo especial cuidado en las indicaciones escénicas, redacten un diálogo humorístico entre Chichilo y Carlos, sobre algún tema que dé lugar al malentendido y a la broma.

* Tomen la didascalia del Cuadro I que indica lo siguiente: *[...] Chichilo aparece con un ojo "negro". Anda como un boxeador.*

Manos a la obra

En medio de la escena repite el "round" que acaba de sostener [...], etc. Escriban un nuevo texto incluyendo esa didascalia en otra escena, apartando al personaje de las situaciones que plantea *Mateo*.

La risa grotesca y el costumbrismo

En el texto de la obra *Mustafá*, su autor, Armando Discépolo, coloca al inicio la siguiente aclaración: *Estos personajes no quieren ser caricatura, quieren ser documento. Sus rasgos son fuertes, sí; sus perfiles agudos, sus presencias brillosas, pero nunca payasescas, nunca groseras, nunca lamentables. Ellos, vivos, ayudaron a componer esta patria nuestra maravillosa; agrandaron sus posibilidades llegando a sus costas desde todos los países del mundo para hacerla polifacética, diversa. Yo los respeto profundamente, son mi mayor respeto. Y suplico a esos actores vociferantes que increíblemente aún subsisten, que se moderen o no los interpreten, porque... estudiarlos sí, gracias, pero desfigurarlos, no. Reír es la más asombrosa conquista del hombre, pero si reír es comprender que se ríe sólo para aliviar el dolor.*

Esta reflexión ayuda a comprender la verdadera intención del grotesco y el riesgo que corre el actor que caracteriza a esos "tipos humanos".

* Conversen en grupos sobre el sentido de las palabras del dramaturgo que está deseando, también, una actitud respetuosa del espectador o del lector de la obra hacia los personajes, sus historias y la risa que ellos puedan despertar.

A propósito de estas consideraciones, recordemos que hay quienes señalan —es el caso del crítico O. Pellettieri— que en el propio texto de *Mateo*, se encuentra la síntesis de lo que Discépolo entendía por "grotesco", y que estaría expresada en lo que enuncia Carlos:

Linda familia: un hijo loco, el padre sonso y la hija rea.

* Discutan por qué podría estar ahí la sustancia del grotesco discepoliano. Argumenten en forma escrita los motivos de esa afirmación.

Sin embargo, como ya explicamos, según algunas opiniones, *Mateo* es una obra que está a mitad de camino entre el sainete y el grotesco. En **Puertas de acceso** destacamos, al menos, tres de esos caracteres que la unen a la comedia asainetada.

* Busquen esos rasgos y coméntenlos.

En la misma dirección, podemos coincidir que en el grotesco puro, el protagonista no tiene escapatoria, su destino se le presenta como inexorable. Es el caso de *Stefano*, obra en la que el personaje central muere por el dolor de no poder cumplir sus sueños. Con respecto a Miguel, no se puede sostener lo mismo: sobre el final de *Mateo* aparece la posibilidad de una recuperación, una señal de que la vida familiar puede reencausarse.

* Relean la última escena e interpreten ese giro final dado a la historia.

En varias oportunidades, nos referimos a la pintura costumbrista como uno de los componentes de los textos teatrales de estos años. Conviene aclarar que existe, además de un tono, una literatura denominada **costumbrista** —desarrollada a través de diversos géneros— que se caracteriza por la agudeza, la gracia y el humor con que se describen los ambientes sociales y los "tipos humanos" que viven en ellos.

Tanto el sainete como el grotesco acentuaron este rasgo y es así como se convierten casi en un espejo de los hábitos de las clases sociales de ese período histórico. Teniendo esto en cuenta:

Manos a la obra

* Destaquen esas notas costumbristas en *Mateo*. Conversen sobre ellas y también sobre la pervivencia o no de esas costumbres en la actualidad.

* Observen si la caracterización de los personajes responde a la misma intención. Un ejemplo es Severino, portador de la mala suerte, una especie de "ave negra" para la familia Salerno, quien podría ser el clásico "mufa", fácil de hallar en la literatura de fines y comienzos de siglo. Revisen si el perfil de los otros personajes responde a una intención parecida.

* Entre las páginas de **Cuarto de herramientas** se encuentra un pequeño fragmento de *Mustafá*, obra ya mencionada y que se representó junto a *Mateo* en 1977, en el Teatro Gral. San Martín. Allí habla don Gaetano, un inmigrante italiano vecino del turco Mustafá, quien a través de un discurso gracioso por su cocoliche[5] pero muy irónico, deja entrever la verdadera realidad social que escondían los conventillos. Comenten el texto.

* Formen equipos y reflexionen, para luego escribir sobre las relaciones directas que se advierten entre la pobreza y la delincuencia.

La historia como intertexto

Los textos siguientes refieren distintos aspectos de la integración de los inmigrantes en nuestra sociedad.

* Coméntenlos en relación con *Mateo* y, si fuera posible, también con *Mustafá*. Establezcan una relación interdisciplinaria

---

[5] Aunque hay distintas versiones sobre el origen del término, se llamó así al lenguaje de los italianos inmigrantes, mezcla de criollo y de su lengua materna.

con la cátedra de historia, a fin de comprender este proceso que vivieron los inmigrantes, desde la miseria más dura de los primeros años de residencia, hasta su integración en la clase social productiva del país. Sería interesante que los alumnos que tuviesen una historia familiar vinculada a este particular período de la historia argentina, acercaran sus testimonios.

[...] estos sectores populares, radicalmente heterogéneos y radicalmente excluidos, permanecieron al margen de la sociedad y la política establecidas. Progresivamente, y como respuesta a sus durísimas condiciones de existencia, fueron generando en su seno y espontáneamente los ámbitos en los que se gestó, junto con la defensa de los intereses comunes, una incipiente solidaridad, una temprana integración. Fueron en primer lugar el taller y el conventillo, en cuyo patio los cien idiomas de la ciudad se integraron en uno peculiar: el cocoliche. (L. Gutiérrez y L. A. Romero, *op. cit.*, p. 110.)

El criollo, el que encontramos siempre igual desde el virreinato, no tiene sino lejano parentesco con el hijo del inmigrante. [...] El padre está ubicado y conforme con esta perspectiva que se abre ante él; el hijo nace predispuesto a aceptar la realidad y no necesita desfigurarla ni enaltecerla para creer en ella y demostrar que también está conforme. Por lo contrario del que decidió quedarse, el inmigrante que vino a irse y se quedó, es un ser inadherente, impermeable y refractario por intenciones ocultas, que trae en su interior, en su alma, el clima, el paisaje, el idioma nativos y que está resuelto a reintegrarse a su medio antes de morir. (Ezequiel Martínez Estrada, *Radiografía de la pampa*, p. 317.)

Para los recién llegados cualquier ocupación es útil, su meta es el trabajo, el ahorro con sacrificio y la conquista de un bienestar económico. Habiendo sentido hondamente los efectos de la miseria, ninguna tarea a realizar es despreciable, siempre que ella signifique un paso más para alejarse de la pobreza [...] Los hijos de los que triunfaron engrosarán a la clase media; cierto número de ellos llegarán a las universidades y más tarde participarán en la estructura del poder político en Argentina. El hijo del gringo constituirá el arquetipo del hombre medio argentino en las ciudades cosmopolitas. (José Panettieri, *Inmigración en la Argentina*, p. 127.)

Y además, el tango...

Armando Discépolo tenía, en su hermano Enrique Santos, un valioso colaborador, con el que compartió la autoría de algunas páginas de teatro. Enrique, por su parte, fue uno de los compositores de letras de tango más destacados y fructíferos desde 1920 hasta 1951, año de su muerte.

En 1926, compone el tango "Qué vachaché" (tienen la letra en el **Cuarto de herramientas**). La historia dice que su estreno —en aquella época los tangos se estrenaban en los teatros, durante una representación— fue en Montevideo y resultó un increíble fracaso. La letra del tango es una apelación enérgica, un duro reclamo que le hace la mujer *(Piantá de aquí, no vuelvas en tu vida/ Ya me tenés bien requeteamurada)* al hombre que vive con ella para que, sencillamente, traiga plata. En esa recriminación dura, despiadada, hay una filosofía en común con algunos personajes de *Mateo*.

* Expliquen con quiénes se puede establecer esta relación y elaboren conclusiones.

* Compárenlo con lo dicho por Carlos a Chichilo en *Mateo*: *Pero gil, ¿vos cres que a las mujeres se las engaña? Las mujeres rajan cuando están hartas de miseria.* Discutan esa idea.

* Por la estructura del tango se advierte que alguien le habla a un personaje que no se nombra, aunque no por ello está ausente. Esto permite convertirlo en un diálogo: reunidos de a dos, escríbanlo.

"Yira yira" (su letra se encuentra en el **Cuarto de herramientas**), compuesto en 1927, tiene en común con el anterior una forma apelativa *(Verás que todo es mentira,/ verás que nada es amor)* y un sentimiento negativo sobre la vida, aunque con un tono de mayor resignación.

* Busquen una estrofa cuyo sentido guarde similitud con lo que le sucede al cochero Yona en el cuento de Chejov.

* "Traduzcan" a un lenguaje actual la estrofa que comienza así:
  Cuando manyés que a tu lado/ se prueban la ropa/ que vas a dejar/[...]

* Escriban la letra de una canción cuya idea central sea la del tango: el mundo seguirá dando vueltas, aunque a uno le pasen las cosas más graves y dolorosas.

La ensayista Beatriz Sarlo,[6] explica refiriéndose a estos años, que las clases populares —como se aclaró, formadas mayoritariamente por inmigrantes—, ante la imposibilidad real de un mejoramiento de su situación económica y de un ascenso social efectivo, buscaban salidas en otros saberes: lo que denomina "saberes del pobre", que se construían alrededor de algunos conocimientos técnicos (sobre electricidad, por ejemplo) y se explotaban para conseguir dinero. La autora se refiere, en especial, a Roberto Arlt y sus invenciones, un medio en el que el escritor buscaba ansiosamente una salida económica.

6 Sarlo, Beatriz. *La imaginación técnica*. Buenos Aires, Nueva Visión, 1992.

En *Mateo*, los hijos de Miguel, carentes de una instrucción que los ayude, también parecen pensar que el trabajo diario no les permitirá salir de la miseria en la que viven. Carlos "siente" que emplearse en una panadería o carnicería no es tarea para él y, por otro lado, Chichilo quiere ser boxeador, ahí ve su futuro. Ambos están esperando una solución que no pase por el compromiso del trabajo sino por la oportunidad o por algún golpe de suerte que los favorezca. Y más claro, todavía, el ejemplo de Severino, que "entró" para poder progresar.

* Comparen el contenido del tango "Qué vachaché" con esta actitud que no sólo desprecia el trabajo, como un medio para llegar al bienestar, sino que compromete la honradez. Traten de contextualizar los juicios. Es decir, tengan en cuenta que las primeras décadas del siglo fueron muy difíciles desde el punto de vista económico y social. La mayor crisis se alcanzó en 1929 y su alcance fue mundial.

* Reflexionen sobre estos dos versos del tango: *El verdadero amor se ahogó en la sopa:/ la panza es reina y el dinero Dios,* y sobre esta frase que Roberto Arlt, casi en los mismos años, pone en boca de un personaje de *Los siete locos*: *El dinero convierte al hombre en un dios. Luego Ford, es un dios. Si es un dios puede destruir la luna.* (*Obras Completas,* Planeta, p. 209.)

* Escriban un texto argumentativo que cuestione el valor de estas ideas materialistas.

* Lean las cartas de Chejov a Máximo Gorki (**Cuarto de herramientas**) y coméntenlas. Averigüen datos sobre Máximo Gorki. Luego, tomen el primer párrafo de "La tristeza", y transfórmenlo por ampliación en un texto al estilo Gorki que Chejov le critica.

❖

Cuarto de herramientas

Glosario

(Para comprender mejor algunas expresiones de *Mateo.*)

A

abájate: bajar. La "a" adelante es un arcaísmo.
addio: "adiós" en italiano.
achido: por "mato". Del italiano "uccido".
achírrepe: onomatopeya del estornudo.
aiuto: ayuda.
araca: ¡cuidado!, atención.
aspamento: aspaviento, exageración en la manifestación de los estados anímicos.
avelena: envenenar; proviene del italiano "veleno", "avvelenare'.

B

batecola: baticola; sujetador de los ijares y ancas de la caballería.
batefondo: batifondo, alboroto, estrépito causado por una o varias personas.
berretín: capricho.
break: proviene del inglés, abrir, separar.
brigante: asaltante, bandido; proviene del francés "brigand".

C

cabezada: correaje que ciñe la cabeza de una caballería.
cachar: asir, tomar; significa también hacer una broma, engañar a alguien.
cajetilla: fanfarrón, presumido.
calotiar: estafar, hurtar.
camorrista (calotear): camorrero, pendenciero.
capelín: capelina, sombrero femenino.
cascarilla: persona que se enoja fácilmente, quisquillosa.
castañas: sopapo; proviene del español "castañazo".

cobre: "no tener ni un cobre": alude al centavo, a carecer hasta de la moneda de mínimo valor.

conchabarse: trabajar al servicio de alguien.

corralón: depósito donde se guardaban animales y actualmente, materiales de construcción.

coscorrone: golpe en la cabeza.

cumpá: compadre.

chancho: inspector de trenes y de otros vehículos de transporte.

chancho e lo vente: tener todo.

chiú puerca: muy fúnebre.

D

Densey: se refiere a Jack Dempsey, el boxeador norteamericano.

E

entrar: acceder a un negocio que se juzga turbio, no confiable.

estrilar: rabiar.

F

fajar: pegar.

fau: del inglés "foul", infracción.

fierro: barra de fierro, hierro.

fierrito: miedo

figli: en italiano, "hijos".

flor de fango: se refiere a la mujer, que podía convertirse en prostituta. Se trata, también, del título de un tango.

G

galantuomo: buena persona, honesta.

grafiñar: robar.

grupo: mentira, engaño.

H

hecho: en el texto, como sinónimo de "ebrio".

I

Iddio ci aiutti: Dios nos ayude.
io so perduto: estoy perdido.

M

madona doloratta: Virgen dolorosa.
malevito: diminutivo por "malevo", matón.
manco pe l'idea: nunca, ni en sueños.
mascarita: se refiere a la persona que en carnaval se ponía una
    máscara; la expresión significaría: "te reconozco, adivi-
    no tus intenciones, aunque te ocultes".
matadura: herida.
Mefestófele: Mefistófeles, hombre diabólico.
mochuelo: trabajo difícil.

N

no-cau: versión criolla del inglés "knock-out", fuera de combate.

Ñ

ñudo: la expresión completa es "al ñudo" o sea, inútilmente. En
    el texto hace alusión a "nudo".

O

opio: "dar el opio a alguien", echarlo, despedirlo.
otario: tonto, imbécil.

P

paquete: engaño; es sinónimo de "grupo", de ahí "empaquetar".
    También tiene el sentido de tonto, inútil.
patacón: se refiere a la antigua moneda de plata; se usaba co-
    mo sinónimo de dinero. Pero en el texto alude al chichón
    que se hace el caballo.

paúra: miedo; proviene del italiano "paura".

pescante: asiento de los cocheros.

piacere: "placer" en italiano.

piantar: disparar, huir.

pifiar: errar, cometer un desacierto. Pero también burlar, bro-
    mear.

pinchar: provocar, molestar.

poveretta: en italiano, "pobrecita".

propio: en italiano se usa "proprio" para decir "precisamente,
    justamente".

R

rea: acepción despectiva para nombrar a la mujer, prostituta.

requintado: ladeado; suele referirse al casco o sombrero.

run: del inglés "round", vuelta.

S

schiatta: "revienta" en italiano.

shacar: robar, obtener una cosa a través del engaño.

siete bravo: siete de espadas.

T

tifu: tifus o fiebre tifoidea.

U

u patre di figli tui é nu vile: el padre de tus hijos es un vil (co-
    barde).

V

vigliaco: es de origen italiano ("vigliacco") y significa "bellaco,
    ruin".

Los tangos de Enrique Santos Discépolo

Qué vachaché (1926)

Piantá de aquí, no vuelvas en tu vida.
Ya me tenés bien requeteamurada.
No puedo más pasarla sin comida
ni oírte así decir tanta pavada...
¿No te das cuenta que sos un engrupido?
¿Te creés que al mundo lo vas a arreglar vos?
¡Si aquí ni Dios rescata lo perdido!
¿Qué querés vos? ¡Hacé el favor!...

Lo que hace falta es empacar mucha moneda,
vender el alma, rifar el corazón,
tirar la poca decencia que te queda...
Plata, plata, plata... plata otra vez...
Así es posible que morfes todos los días,
tengas amigos, casa, nombre... y lo que quieras vos.
El verdadero amor se ahogó en la sopa:
la panza es reina y el dinero Dios.

¿Pero no ves, gilito embanderado,
que la razón la tiene el de más guita,
que la honradez la venden al contado
y a la moral la dan por moneditas?
¿Que no hay ninguna verdad que se resista
frente a dos pesos moneda nacional?
Vos resultás, haciendo el moralista,
un disfrazao... sin carnaval...

¡Tiráte al río! ¡No embromes con tu conciencia!
Sos un secante que no hace ni reír...
Dame puchero, guardáte la decencia...

¡Plata, plata, plata! ¡Yo quiero vivir!
¿Qué culpa tengo si has piyao la vida en serio?
Pasás de otario, morfás aire y no tenés colchón...
¿Qué vachaché? ¡Si hoy ya murió el criterio!
Vale Jesús lo mismo que un ladrón...

Yira yira (1927)

Cuando la suerte que es grela
fallando y fallando, te largue parao,
cuando estés bien en la vía,
sin rumbo desesperao.

Cuando no tengas ni fe,
ni yerba de ayer,
secándose al sol...

Cuando rajés los tamangos
buscando ese mango
que te haga morfar...
La indiferencia del mundo
que es sordo y es mudo,
recién sentirás.

Verás que todo es mentira,
verás que nada es amor
que al mundo nada le importa,
yira...yira...

Aunque te quiebre la vida,
aunque te muerda un dolor,
no esperes nunca una ayuda
ni una mano... ni un favor.

Cuando estén secas las pilas
de todos los timbres
que vos apretás...
buscando un pecho fraterno
para morir... Abrazao...

Cuando te larguen parao
después de cinchar
lo mismo que a mí.

Cuando manyés que a tu lado
se prueban la ropa
que vas a dejar,
te acordarás de este otario
que un día cansado
se puso a ladrar.

Aunque te quiebre la vida,
aunque te muerda un dolor,
no esperes nunca una ayuda
ni una mano... ni un favor.

ENRIQUE
SANTOS DISCÉPOLO

Mustafá

Fragmento de la obra de teatro *Mustafá*, escrita por Armando Discépolo, con la colaboración de Rafael José de Rosa. Fue estrenada en el Teatro Nacional de Buenos Aires, en 1921.

Cuadro I:
[...]
"D. Gaetano: –Esa e la pregunta que yo hago. ¿Per qué s'extrañará il mondo? ¿La razza forte no ssale de la mezcolanza? ¿E dónde se produce la mezcolanza? Al conventillo. Antonce: la cuna de la razza forte es el conventillo. Pero esto que cuando se ve un hombre robusto, luchadore, atéleta, se le pregunta siempre: ¿a qué conventillo ha nacido osté? 'Lo do mundo', 'La catorce provincia', 'El palomare', 'Babilonia', 'Lo gallinero'. Es así, no hay voelta. ¿Per qué a Bonasaria está saliendo esta razza forte? Perque éste ese no paíse hospitalario que te agarra toda la migracione, te la encaja a lo conventillo, viene la mezcolanza e te sáleno a la calle todo esto lindo mochacho pateadore, boxeadore, cachiporrero, e asaltante de la madonna."
[...]

De *Obras escogidas de A. Discépolo*, Jorge Álvarez, 1969, t. II.

Representación de *Mustafá*, (T.M. G. San Martín, 1977).

El elenco de *Mustafá*, Teatro Gral. San Martín, 1977: Miguel Ligero, Niní Gambier, Oscar Martínez, Alicia Zanca, Tacholas.

Los protagonistas de *Mustafá*: Don Gaetano (T. Pascali) y Mustafá (Miguel Ligero).

---

* Las dos fotos fueron facilitadas, gentilmente, por el Sr. Carlos Fos, del Archivo Histórico del Teatro General San Martín.

Intertextos con Roberto Arlt

Artículos de consumo

"El pan era sabroso y el vino puro. Llegaba fin de año y el último bolichero le mandaba un canastón cargado de aguinaldos. El panadero ídem. Cierto es que no teníamos ómnibus que despachurraban criaturas por las calles, ni subterráneos, ni automóviles brillantes como espejos. El tren de vapor era un medio de traslación formidable, y el coche un lujo. Los días eran tranquilos. Flores era un barrio de quintas, Palermo ídem, Belgrano igual, Caballito también, Vélez Sársfield idénticamente.[...] El fonógrafo era un mecanismo insuperable; la radio no se concebía, el teléfono era propiedad de pocos felices, y más que medio de progreso, un lujo. Un ciego y sordo podía cruzar tranquilamente las calles, pero la tela de un traje era irrompible, los botines se hacían de cuero y no de cartón, el aceite de oliva no era de lino sino de olivas [...]."

Hemos progresado

" [...] Hemos progresado. No hay zanahoria que no esté dispuesto a demostrárselo. Hemos progresado.

Es maravilloso. Nos levantamos a la mañana, nos metemos en un coche que corre en un subterráneo; salimos después de viajar entre luz eléctrica; respiramos dos minutos el aire de la calle en la superficie, nos metemos en un subsuelo o en una oficina a trabajar con luz artificial. A mediodía salimos, prensados, entre luces eléctricas, comemos con menos tiempo que un soldado en época de maniobras, nos enfundamos nuevamente en un subterráneo, entramos a la oficina a trabajar con la luz artificial, salimos y es de noche, viajamos entre luz eléctrica, entramos a un departamento, o a la pieza de un departamentito a respirar aire cúbicamente calculado por un arquitecto, respiramos a medida [...] y a esto ¡a esto los cien mil zanahorias le llaman progreso![...]".

(Fragmentos de *Aguafuertes porteñas* de Roberto Arlt, Planeta Carlos Lohlé, t. II, p. 526).

Roberto Arlt (1900-1942)

Los taximetreros colectiveros inician una actividad que con el tiempo transformará al transporte público, sobre todo, en la ciudad de Buenos Aires.

* Gentileza del Archivo General de la Nación.

Mateo actual en la puerta del Zoológico de Buenos Aires.

Intertexto con la poesía

El último mateo del domingo

Su maltrecha figura al fondo de las plazas,
un afiche movido de la melancolía.
Su terca soledad frente a las estaciones
sin horario, sin gente, sin mapa, sin reloj.
Nunca debió evadirse del cuento de Chejov.

De pronto me recuerda
esos zapatos que pintó Van Gogh,
de donde Chaplin pudo haber salido.
Tan patéticos, tan solos, tan dejados,
domingo, como vos.

(De Raúl González Tuñón, poeta argentino contemporáneo,
Antología poética, Losada, 1974.)

Un par de zapatos, Vincent Van Gogh ▲

Luis Arata caracterizado como Don Miguel, para la reposición de *Mateo*, en el Teatro Cómico, 1928.

El actor Luis Arata en su caracterización de Miguel, para la obra *Mateo* de A. Discépolo. Arata interpretó al personaje teatral en 1928 y para el cine, en 1937, con la dirección de Daniel Tinayre.

Cuarto de herramientas

▲ Sello postal de 1987 en homenaje a Discépolo y a su obra *Mateo*.

Una idea muy original reunió a estas figuras de la escena nacional para que, en el rol de viejos actores de radioteatro (un género que se perdió por el reinado absoluto de la televisión), dieran vida al texto *Mateo*. Así, un espectáculo que sólo a través de la audición buscaba despertar la imaginación del público, se convirtió también en un espectáculo visual: no se trataba únicamente de escuchar las voces de los personajes, sino también de ver a aquellos que le prestaron su voz y su sensibilidad. La puesta tuvo muchos aspectos destacables, pero para la curiosidad actual podemos separar tres: el modo en que se confeccionaban y leían los viejos avisos publicitarios, el importante rol que cumplía la música en el armado de las escenas, y el trabajo de quien hace los efectos personales de sala, —que con los objetos más indispensables podía reproducir el ruido de los cascos de un caballo, una cachetada o unos pasos que se alejan—.

RADIOTEATRO PARA VER

Mateo

de Armando Discépolo
Adaptación: Maximiliano Paz

Elenco por orden de aparición

Relator · *Claudio Rissi*
Lucía · *Claudia Cárpena*
Carmen · *Alicia Aller*
Chichilo · *Daniel Miglioranza*
Carlos · *Miguel Ángel Paludi*
Miguel · *Dario Vittori*
Severino · *Salo Pasik*
Loro · *Juan Carlos Oliver*
Narigueta · *Ruben Polimeni*

◆

Efectos especiales de sala · Ernesto Catalán
Ambientación y vestuario · Kris Martínez
Asistente de vestuario · Paola Varela
Iluminación y sonido · Hugo Conti
Video de sala · Leandro Martínez
Dirección · Jorge Paccini
Producción general y Dirección artística
David di Nápoli · Leonardo Nápoli
Asistente de producción · Laura Rosato
Voces del informativo y publicidad
Jorge Paccini · Leonardo Nápoli

26 de junio de 1998 · 21:00 hs.

Auditorio Jorge Luis Borges
1er. piso · Biblioteca Nacional

BIBLIOTECA NACIONAL

GRUPO CLARIN

Armando Discépolo: biografía

Nace en Buenos Aires, el 18 de agosto de 1887, y muere en la misma ciudad, el 8 de enero de 1971. Su producción en el campo teatral comienza cuando es muy joven (*Entre el hierro* es de 1910) y concluye en la década de 1930, con *Relojero*. No fue un escritor conforme totalmente con su producción, y se llamó a silencio cuando aún tenía mucho por decir. Era hijo de inmigrantes italianos y hermano de Enrique Santos, destacadísimo compositor de tangos y autor, también, de algunos textos teatrales, entre los que sobresale *El organito* (1925), que escribió en colaboración con Armando.

Breve cronología de fechas y títulos

1910: *Entre el hierro*.
1911: *La torcaza*, *El rincón de los besos*.
1912: *La fragua*. *El viaje aquel*.
1914: *El novio de mamá*, *Mi mujer se aburre*, en colaboración con Rafael J. de Rosa y M. Folco.
1915: *El guarda 323*, en colaboración con Rafael José de Rosa y F. Payá, y *El patio de las flores*, con Federico Mertens y Francisco Payá.
1916: *El movimiento continuo*, *La ciencia de la casualitat* (monólogo), escrita con de Rosa y Folco; *El reverso*, diálogo, sólo de su autoría.
1917: *Conservatorio "La Armonía"*, *El chueco Pintos*, también con de Rosa y Folco.
1918: *La espada de Damocles*, con de Rosa y Folco.
1919: *El vértigo*.
1920: *El clavo de oro*, escrita con de Rosa y Folco.
1921: *Mustafá* y *El príncipe negro*, en colaboración con Rafael J. de Rosa.

1922: *L'Italia Unita.*

1923: *Mateo, Hombres de honor.*

1924: *Muñeca. Giacomo,* esta última, en colaboración con de Rosa.

1925: *Babilonia. El organito,* escrito con su hermano Enrique Santos.

1926: *Patria nueva.*

1928: *Stefano.*

1929: *Levántate y anda.*

1931: *Amanda y Eduardo.*

1932: *Cremona.*

1934: *Relojero.*

En los años siguientes, Armando Discépolo tradujo y adaptó numerosas piezas del teatro universal, entre las que se destacan algunas de William Shakespeare (*La fierecilla domada, Julio César*), también de Luigi Pirandello (*Así es si le parece, La nueva colonia* y *Esta noche se recita improvisando*) y *Las tres hermanas,* de Anton Chejov.

Armando Discépolo. Revista *Teatro*, Teatro Municipal General San Martín.

Osvaldo Terranova y Gianni Lunadei en *Mateo*, 1977.
(Teatro M. G. San Martín)

El material fotográfico fue facilitado, gentilmente, por el Sr. Carlos Fos
del Archivo Histórico del Teatro M. Gral. San Martín.

Puesta de *Mateo* en Estocolmo (Suecia). Teatro Popular
Latinoamericano, dirigido por Hugo Álvarez (1986).

Desalojo de un conventillo, en la calle Independencia
al 1300. (Septiembre de 1905.)

Anton Chejov: biografía

Antón Pávlovich Chejov nació el 17 de enero de 1860 en Taganrog (Crimea), a orillas del mar de Azov, en Rusia. Pertenecía a una familia modesta, de la que debió ocuparse cuando pasaban apremios económicos. Estudió medicina, profesión en la que trabajó hasta su muerte en 1904, tras varios años de padecer tuberculosis. Fue un escritor prolífico, que abordó el teatro, la novela y el cuento con idéntica habilidad y talento. Aunque son sus títulos dramáticos los que mantienen su nombre presente en todo el mundo: *La gaviota*, *El canto del cisne*, *Tío Vania*, *Las tres hermanas* y *El jardín de los cerezos* figuran entre los clásicos de su producción.

Breve cronología de fechas y títulos

1878: Escribe su primer drama, *Los sin padre*.

1880: Es la fecha de su primer relato, "Carta de un propietario del Don a su sabio vecino".

1881: *Platanov*, obra de teatro. Escribe, también, para la revista *Oskolki* (que puede traducirse como *Estallido*) y para el *Diario de San Petersburgo*.

1883-1885: Constituyen los años más fecundos para su cuentística. Hay quienes afirman que, en estos años, se formó como gran maestro de la narración.

1885: *En el camino real*, *El pedido de mano*, *Un drama de la caza* (teatro).

1886: *Narraciones multicolores*, libro de cuentos que firmó con su seudónimo "Antosha Chejonte".

1887: Se representa en Moscú *Ivanov* (drama).

1888: "La estepa", "Los fuegos" y "La crisis" (relatos) y la obra de teatro *El oso*. Recibe el premio Pushkin, que le otorga la Academia de Ciencias.

1889: *Una historia vulgar* (drama). Escribe también *Sajalín*, publicada por capítulos en una revista y más tarde, en 1893, en forma de libro. Se trata de las crónicas que dan cuenta de la vida en esa colonia penitenciaria.

1890: *Una boda* (drama).

1891: *El desafío* (drama).

1892: *Mi mujer* (drama), *El aniversario de la fundación* (drama) y *La sala número seis* (cuento largo).

1893: *Relato de un desconocido*, cuento largo; *El trágico a pesar suyo* y *El espíritu del bosque* (dramas).

1896: *La Gaviota* (drama) y *Mi vida* (novela).

1897: *El canto del cisne* y *Tío Vania, Los hombres aburridos* (libro de cuentos que dedica a P. Tchaikowski.)

1899: *La dama del perrito*

1901: *Las tres hermanas* (drama).

1902: "El obispo" (relato)

1904: *El jardín de los cerezos* (drama).

Con su esposa Olga Knipper, actriz del Teatro
Artístico de Moscú, dirigido por Stanislavski.
(De la revista *Teatro*,
T. M. G. S. M., noviembre de 1996.)

Póster de *El Jardín de los cerezos*, diseño de Edgardo Giménez. (T. M. G. S. M.)

◀

El jardín de los cerezos, de A. Chejov, Comedia Nacional, Teatro San Martín, 1966. (De la revista *Teatro*, T. M. G. S. M., noviembre de 1996)

▼

Cuarto de herramientas

A. Chejov
con Máximo Gorki.

A. Chejov

Cartas de Chejov a Gorki

Comenzaré con lo que en mi opinión es su falta de moderación. Usted es como un espectador en un teatro que expresa su entusiasmo de un modo tan desmedido que impide escuchar a él y a los demás. Esa falta de moderación se nota particularmente en las descripciones de la naturaleza con las que usted interrumpe los diálogos; cuando uno lee esas descripciones, desearía que fueran más compactas, más breves, digamos de unos dos o tres renglones.

A Máximo Gorky, 3 de diciembre de 1898.

Otro consejo: cuando corrija las pruebas de galera tache todos adjetivos y adverbios que pueda. Usted emplea tantos modificadores que el lector tiene problemas de comprensión y queda agotado. Se entiende si yo escribo: "El hombre se sentó sobre el césped", porque es claro y no desvía la atención de uno. Por el contrario, es difícil de imaginar y complicado para entender si escribo: "El hombre alto, de pecho angosto, peso mediano y de barba pelirroja se sentó sobre el césped que ya había sido pisoteado por los peatones". La mente no puede comprender todo eso de una vez y el arte debe ser comprendido de una vez, instantáneamente. Luego otra cosa. Usted es lírico por naturaleza, el timbre de su alma es suave. Si fuera un compositor debería evitar escribir marchas. Es antinatural para su talento el maldecir, gritar, insultar, denunciar con rabia. Dado lo cual, me comprenderá si le aconsejo que, cuando corrija, elimine los "hijos de perra", "canallas" y "perros pulguientos" que aparecen acá y allá en las páginas de Vida.

A Máximo Gorky, 3 de septiembre de 1899.

Traducción de Teresita Valdettaro.

Segunda versión de *El jardín de los cerezos* (A. De Grazia, A. Berdaxagar, I. Pelicori, O. Bonet, E. Tasisto, G. Tanes, R. Mosca. (Teatro M. Gral. San Martín)

Bailarinas entre vestidores,
de Edgar Degas
(1890)

La bebedora de ajenjo,
de Edgar Degas
(1876)

Bibliografía

- Para profundizar acerca de relaciones transtextuales e intertextualidad, se puede consultar:

Genette, G. *Palimpsestos. La literatura en segundo grado.* Madrid, Taurus, 1989.

Kristeva, J. *Semiótica I y II.* Madrid, Espiral, 1981. Dentro del volumen I, es muy recomendable el capítulo titulado "La palabra, el diálogo y la novela".

- En lo referente al teatro, en su forma de texto dramático y espectacular:

de Toro, F. *Semiótica del teatro.* Buenos Aires, Galerna, 1992.

Trastoy, B. y P. Zayas de Lima. *Los lenguajes no verbales en el teatro argentino.* Universidad de Buenos Aires, Oficina de Publicaciones del CBC, 1997.

- Sobre el grotesco "criollo" y el de Armando Discépolo en especial:

Ordaz, L. *"Armando Discépolo o el 'grotesco criollo'".* En *Historia de la Literatura Argentina,* Buenos Aires, Centro Editor de América Latina, tomo III, 1986,

Pellettieri, O. *Cien años de teatro argentino. Del* Moreira *a Teatro Abierto.* Buenos Aires, Galerna, 1990.

Viñas, D. *Grotesco, inmigración y fracaso: Armando Discépolo.* Buenos Aires,Corregidor, 1997.

- Acerca de A. Chejov y de toda su literatura, existe una bibliografía amplísima, pero no en español, sino en inglés y francés. Para ubicarlo dentro de la corriente impresionista de fines de siglo, consultar:

Hauser, A. *Historia social de la literatura y del arte.* Barcelona, Labor, 1994.

- Y sobre el cuento, su estructura e historia:

Bal, M. *Teoría de la narrativa.* Madrid, Cátedra, 1995.

Giardinelli, M. *Así se escribe un cuento.* Buenos Aires, Beas Ediciones, 1992.

Piglia, R. *Crítica y ficción.* Buenos Aires, Siglo veinte, 1990.

Cuarto de herramientas

❖

ÍNDICE

Colección del
MiRADOR

Literatura para una nueva escuela

Títulos publicados:
Anderson Imbert, E. • **Cuentos escogidos**
Anónimo • **Alí Babá y los cuarenta ladrones**
Anónimo • **Lazarillo de Tormes**
Anónimo • **Tristán e Iseo**
Aristarain, A. • **Un lugar en el mundo**
Cervantes Saavedra M. • **Ladran, Sancho**
Conan Doyle, A. • **Elemental, Watson**
Conan Doyle, A. / Chesterton, G. / Christie, A. • **El relato policial inglés**
Conan Doyle, A. • **Estudio en escarlata**
Cuzzani, A. • **El** *centroforward* **murió al amanecer**
De Cecco, S. / Sófocles • **El reñidero / Electra**
Denevi, M. • **Ceremonia secreta**
Denevi, M. • **Cuentos escogidos**
Denevi, M. • **Rosaura a las diez**
Dickens, Ch. • **Una canción de Navidad**
Discépolo, A. / Chejov, A. • **Mateo / La tristeza**
Echeverría, E. / Gambaro, G. / Fontanarrosa, R. • **El matadero / La malasangre / Maestras argentinas. Clara Dezcurra**
Fernández Tiscornia, N. • **Despacio, Escuela - La vida empieza con A**
García Lorca, F. • **Bodas de sangre**
García Lorca, F. • **La casa de Bernarda Alba**
Gorostiza, C. • **El patio de atrás**
Güiraldes, R. • **Cuénteme, Don Segundo** (Antología de cuentos)
James, H. • **Otra vuelta de tuerca**
Kafka, F. • **La metamorfosis - Carta al padre**
London, J. • **El llamado de lo salvaje**
Lope de Vega, F. • **Fuenteovejuna**
Manrique, F. / Quevedo, F. / Bécquer, G. / García Lorca, F. / Hernández, M. • **Antología de la Poesía Española**
Molière • **El avaro - El burgués gentilhombre**
Orwell, G. • **Rebelión en la granja**
Pizarnik, A. • **Antología poética**
Quiroga, H. • **Crónicas del bosque**
Quiroga, H. • **Cuentos de la selva**
Quiroga, H. • **Cuentos de locura, de amor y de muerte**
Rostand, E. • **Cyrano de Bergerac**
Shakespeare, W. • **El mercader de Venecia**
Shakespeare, W. • **Hamlet**
Shakespeare, W. • **Romeo y Julieta**
Sófocles • **Antígona - Edipo Rey**
Stevenson, R. L. • **El demonio en la botella - Markheim**
Stevenson, R. L. • **El extraño caso del Dr. Jekyll y Mr. Hyde**
Twain, M. • **Diarios de Adán y Eva**
Unamuno, M. de • **Abel Sánchez**
Varios • **Cuentos Clasificados 0**
Varios • **Cuentos Clasificados 1**

Primera edición, primera reimpresión.
Esta obra se terminó de imprimir
en marzo de 2010, en los talleres de
Gama Producción Gráfica,
Dr. Estanislao Zeballos 244,
Avellaneda, provincia de Buenos Aires,
Argentina.